分开以后我变成了你喜欢的样子

Josie 乔 著

中国华侨出版社

AEDHR

目录

Contents

第一章

你是我最美好的遇见

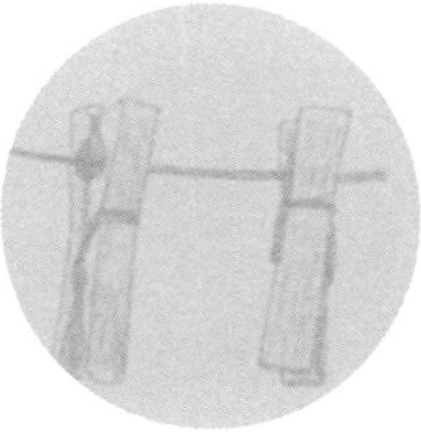

第二章

我不愿只是你人生的一抹风景

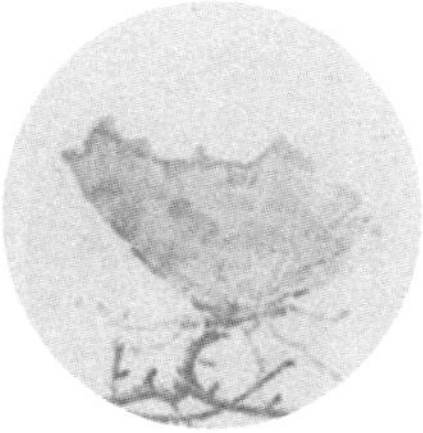

第三章

我会记得你，然后爱自己

第一章　你是我最美好的遇见

You´re the best I´ve ever met

分开以后
我变成了你喜欢的样子

1

2016 年的跨年夜，我没有看各大卫视的晚会，只是一个人看完了五月天 2012 年诺亚方舟演唱会的视频。

十一点半的时候，我发了一条微博：“这些年，坚持下来的事，只有对五月天的爱没有改变。”

然后便关了笔记本，卸妆、洗澡、护肤。

刚贴上面膜，陆泽司的来电把我吓了一跳。

“阿乔，新年快乐！”他的声音有些粗重。

“谢谢，新年快乐。”

“阿乔……”陆泽司叫了我的名字以后却沉默着没有接话，手机里传来燃放烟花的声音和他轻微的呼吸声。

“那没什么事的话我先挂咯。”

“这一年你过得好吗？”他抢在我挂电话之前开口了。

“挺好的。”

“那就好。”

和陆泽司没有互道再见便匆匆结束了通话，我按住了扑通直跳的心口。我和他已经好久没打过电话了，久到我都想不起来上一次通话是什么时候了。

挂了电话以后，我犹豫了半天还是把刚刚发的那条微博删除了。

这些年坚持下来没有改变的，其实除了对五月天的爱，还有对陆泽司的爱。

陆泽司是我的初恋男友，哦不，是前男友。

2

大二的时候认识陆泽司。那是一场生日派对，室友 CC 要帮男朋友庆生，她把我们宿舍五个人都拉去凑人数。到了饭店，一起来的还有 CC 男朋友的室友，陆泽司就是其中一个。

个子很高，体型偏瘦，留板寸头，还有不爱说话。这就是我对陆泽司的第一印象。

那天来的人不是很多，加起来也才十个，酒足饭饱后，大家交换了联系方式。接下来的一周，我的两个室友和 CC 男朋友的室友发展成了恋爱关系，大家都开玩笑说 CC 真是个“心机婊”，CC 也不介意，还对我挤眉弄眼：“那个叫陆什么司的呆子有没有找你聊天啊？”其他室友也纷纷唏嘘瞎起哄，算起来我是全寝室唯一没有恋爱的。

之后，陆泽司跟我告白，他送给我一盆芦荟：“南乔，我挺喜欢你的，你可以和我交往吗？”我愣了片刻后点头答应了。

大家都说陆泽司用一盆芦荟就把我俘获了真是赚到了，只有我知道他认真的模样让人无法拒绝。

和陆泽司在一起后发现他其实也没有像大家说的那样木讷，他学的是计算机专业，时不时会设计一些很可爱的表情发给我或者制作一些搞笑视频。然而人无完人，交往半年的时候，我发现他喜欢看乡村爱情题材的电视剧，这简直让我大跌眼镜。在当时的我看来，像陆泽司这样的男生应该爱看欧美大片，而不是乡村爱情。

再之后，我又发现他经常光顾学校门口的夜宵摊，点些鸡肝、鸭肠之类的东西，看起来既不美味也不卫生。

就像多米诺骨牌，只要有一个缺点被发现，其他潜藏的缺点也很快就浮出水面。

陆泽司的毛病还真不少：经常丢三落四、生活作息不规律、夏天穿着人字拖去上课，等等。

3

对于我的多次提醒，陆泽司总是先面红耳赤，然后像个犯了错的小孩一样跟我承诺以后尽量改正。

然而陆泽司的毛病虽然不少，但他对我的好却也是别人无法代替的。

生病的时候他会给我买好药、打好饭送到我宿舍。印象中，陆泽司有一次旷课陪我去打点滴，后来听 CC 说他那天错过了一场随堂考试，需要补考。

而当我怀着愧疚的心情安慰他的时候，他只是笑着说考试错过了可以补考，我要是脑子烧坏了他可得后悔一辈子。

陆泽司是工科生，不懂得浪漫。但我记得他做过的最让我感动的事是 2012 年国庆节带我去了上海看五月天的演唱会。

那时我才知道陆泽司利用暑假打工挣足了演唱会的门票和旅费。

阿信在唱《你不是真正的快乐》时，他在人潮中拥抱了我：“阿乔，你现在快乐吗？”

那一刻我忘记了舞台上的偶像，看着陆泽司认真的模样突然哭了。谢谢你，陆泽司，谢谢你圆了我少女时期的梦想。

我不知道他是怎么知道我喜欢五月天的，只知道在他之前，没有人如此细心地为我准备过惊喜。在他之后，也没有人能让我因为一份毫无防备的惊喜如此满足和开心。

4

如果天底下所有的有情人最后都能成为眷属，我不知道我和陆泽司是不是可以毕业就结婚，只是人生没有那么多完满的故事。

和陆泽司分手是我提出来的，在一起是他说的，虽然知道说分手很残忍，但现实不容许我优柔寡断。

我们要毕业了。

陆泽司有一个去世界 500 强企业工作的机会，地点在广州。而我因为外婆被检查出患了糖尿病决定留在本地工作，陆泽司知道我和外婆的感情一直都很好，他有些举棋不定。我开始慌了，以他的性格极有可能放弃广州的工作。

拍完毕业照那天晚上，我约了他去吃料理。

饭桌上，他正在倒酒，我不合时宜地抛出了那个沉重的话题。

“分手吧。”

“为什么？”他脸上的表情严肃起来，但更多的是惊讶。

“因为我受不了你了。”我把之前对他的不满一件不落地罗列出来。

“我已经在改了，请你再给我一点儿时间好吗？”他用的几乎是祈求的语气。

我不顾陆泽司的挽留提前离开了餐厅，后来听 CC 说那天陆泽司喝得不省人事，被室友带回宿舍还一直叫着我的名字。

……

分手以后，陆泽司渐渐淡出我的世界。两年的感情早已成为一种习惯，我用了半年的时间才适应没有陆泽司的生活，从最开始一想到他就掉眼泪，到后来慢慢接受我们分开的事实。

CC 看到我一蹶不振的样子问我这又是何苦，天底下因为异地而分开的情侣一抓一大把。

不是这样的。我不是没想过和陆泽司谈一场异地恋。只是我太依赖他了，我无法想象以后没有陆泽司在身边自己会和他闹成什么样，而且我不愿耽误他的前程，让他因为我放弃那么好的工作机会，我做不到。那就干脆长痛不如短痛吧。

5

当陆泽司出现在我家门口的时候，我一度以为自己出现了幻觉。

陆泽司告诉我昨天晚上他本来想告诉我他今天会来看我，但最后突然改变主意想给我个新年惊喜，于是坐了五个小时的动车赶过来了。

我和陆泽司已经整整一年半没见过了，他好像更瘦了，眉宇间也多了几分睿智和成熟，唯有脸上的笑容一如既往地温暖。

陆泽司见到我的时候也愣了一下，而后打趣道："你好像变漂亮了。"

"你嘴巴也变甜了嘛，不过我得承认你的审美不错。"

那天我化了淡妆，还扎了马尾，穿很淑女的衣服。这些都是陆泽司喜欢的装束，和他分手后，我接受了它们也由衷喜欢上了这样的风格。

分开以后，我在一家杂志社上班，朝九晚五的生活有很多闲碎的时间，我开通了博客，不定时在上面更新一些文章，也慢慢积累了一些粉丝。年终的时候，我人生第一部长篇终于定稿了。

一个人的生活有些单调，我开始认真读一些大学时候就列下的书单，真正进入半隐居生活，不想打扰别人，也不想被打扰。

我还报了一个钢琴培训班，虽然有些无稽之谈，毕竟年龄摆在那儿，可还是很喜欢手指触摸到黑白琴键时的感觉。教我钢琴的是个毕业于中国传媒大学的研究生，大家叫她三三，是个很有个性的女生。

闲暇之余，我还学习了插花和煮咖啡，权当打发时间，但学习的过程还算有趣。

我的生活在陆泽司离开以后不算乏味，只是偶尔想起我们的大学时光会有些恍然。

陆泽司听我说起这些的时候，脸上一直保持着浅浅淡淡的微笑："这样挺好的。"

"是不是变成了你喜欢的样子？"我笑着调侃道。

陆泽司脸红了一阵，而后点点头。他还是那么容易脸红。

我给他煮咖啡的间隙，他打量了客厅一圈说道："你比以前更会生活了。"

我默然，陆泽司见我不说话又绕到我面前："阿乔，其实当初你根本就不是因为无法忍受我的坏习惯才提分手的吧？"

"这也能被你猜到？"我不打算继续隐瞒了。

陆泽司笑而不语，两个人沉默了许久，他告诉我他看过我的每一篇博客。

我错愕不已，和他分手以后，除了微博还会更新，其他社交软件都形同虚设，而我记得他以前一直不用微博……

不过人终究是会变的。陆泽司说他现在已经不看乡村喜剧了，也很少吃烧烤了，拖鞋也只在家里穿，而且最晚也会赶在一点之前睡觉。说到最后，陆泽司问我愿不愿意再给他一个机会。

我看着陆泽司期待的眼神突然有些鼻酸，他说的那些变化我又怎么会不知道，每次偷窥他朋友圈发的照片都很想点个赞，然后告诉他你变了好多。

陆泽司的优秀一度让我备感压力，但现在想想，正是因为他的优秀我才没有停止上进。我不想只做他光环下的一抹阴影，尽管我们已经分开。

6

“其实你真的不用为了我改变那么多。”

陆泽司摇摇头：“我应该谢谢你才对，谢谢你让我变得比以前更好，而且我也喜欢自己现在的状态。”

陆泽司的改变当然不只是看电视、吃夜宵这些鸡毛蒜皮的事情，就像我也不只是外形变成了他喜欢的样子，真正的改变是我们都变成了对方和自己喜欢的人。

咖啡已经煮好了，我问他:“那你为什么想要和我重新开始呢？”

陆泽司接过咖啡，若有所思道：“我想你可以喜欢一个乐队那么多年，这样的女生一定是个很长情的人。”

“万一不是呢？”

“阿乔，我不想每天都只靠偷窥你的微博才能知道你的生活。”陆泽司答非所问。

时间好像在那一秒静止了，我沉默了片刻给陆泽司续上一杯咖啡：“其实我也不想只靠朋友圈才能知道你的动向。”

我和陆泽司相视一笑。

三三曾说，如果真的爱一个人，无论他最后走多远，只要他重新站在你面前，你就无法停止去爱他。

我想是的。

从没想过我们不会在一起

1

温柠在机场见到苏先生的时候，一颗悬着的心总算着了地。眉眼温润，唇角上扬，这样的男生性格应该很好。

“等很久了吗？”苏先生拖着巨大的行李箱向温柠走过来。

“没有啦，我也是刚从学校赶过来。”

“比照片上看起来要高一点儿嘛。”苏先生伸手揉了揉温柠毛茸茸的头发说道。

“我净身高本来就有 163 公分好吗？！”苏先生亲昵的动作让温柠有些吃惊，不过并不反感。

‘喏，这个是送给你的。”苏先生看着温柠嘬嘴的样子有些好笑地从上衣口袋里掏出一个黑色盒子递给她。

见面之前，苏先生旁敲侧击都没有套出温柠想要什么礼物，最后还是在朋友的提议下选了御木本的一款珍珠项链。

“谢谢，可是我忘记给你准备礼物了。”温柠接过礼物有些窘迫。

温柠没有告诉苏先生，她其实 DIY 了一本相册，她把苏先生发给自己的照片都洗了出来，只是到了机场才想起落在了宿舍。

“你就是最好的礼物啊。”

“啊？”

苏先生看到温柠绯红的脸颊才反应过来自己的话有歧义：“我是说遇见你就是最好的礼物，小姑娘想什么呢？”

温柠低下头，脸更红了，苏先生看着她心情莫名地愉快，和想象中一样，只不过没想到会这么腼腆。

2

苏先生是温柠的男朋友，不过和普通情侣不一样的是，他们是网恋，今天是他们认识一年多第一次见面。

温柠大二那年在学校的贴吧上认识的苏先生。

当时苏先生发了一则介绍留学生生活的帖子，温柠被苏先生拍摄的照片吸引，很快就在下面跟帖了。

温柠和苏先生在贴吧频繁互动以后交换了联系方式，互加了微信。温柠这才知道苏先生在东京大学读研，他在国内读的本科，巧的是两个人不但是校友，而且都是本地人。

温柠一口一个“学长”拉近了和苏先生的距离。

苏先生是典型的摩羯座，性格很慢热，温柠是狮子座，属于人来疯的性格。不过后来熟络以后，温柠发现苏先生其实是个很有趣的人。

两人的性格尽管差了十万八千里，不过他们的共同爱好是都很喜欢摄影。

苏先生在日本读书期间还兼职做摄影师，偶尔给杂志社投稿或给婚礼摄影。温柠的拍照水平虽然不如苏先生，但大一暑假的时候在云南拍摄了一组香格里拉的照片在网上火了一把。

正所谓人红是非多，温柠在校内网走红以后，追她的男生也越来越多。

温柠学的是中文，班上的男生没几个，但其他专业的男生有段时间老在温柠身边徘徊，明里暗里向温柠示好。温柠说不上那些男生有什么不好，不过就是没有来电的感觉。

3

温柠的长相在班上也只是中等偏上水平，追求者却比班花还多，不乏有些喜欢搬弄是非的女生看着那些围绕在温柠身边的男生挖苦：“能被温柠看上的男生可不是一般人。”

温柠还亲耳听到有女生在背地里说她假清高，表面上谁都看不上，背地里却脚踏几条船。

温柠一直安慰自己清者自清，可面对恶意中伤的流言蜚语还是会气恼，她在微信上把这些委屈说给苏先生听了以后，苏先生发了一个坏笑的表情过来，隔了半分钟又发来一段语音：“那就告诉大家你有男朋友好了，这样既可以摆脱那些男生的追求，别人也不好借题发挥诽谤你了。”

温柠听了两遍苏先生的语音才确定自己没有听错：“想法倒是好的，可问题是我上哪儿去找一个男朋友啊？”

“你要不要考虑一下我？”苏先生的语气听不出半点儿调侃。

温柠愣了好一会儿才回复：“我考虑考虑。”

温柠大概怎么也没想到给人感觉木讷呆板的苏先生会跟自己表白。后来在她的威逼利诱下，苏先生才如实招供自己在加温柠微信以前就知道她了。他关注了她的微博，温柠在粉丝列表翻了很久才找到苏先生，那时候温柠的粉丝远没有现在多，苏先生是最早关注自己的一批。

世界上有一种爱情叫命中注定，用来形容苏先生和温柠再合适不过了。

温柠考虑的结果是可以把苏先生拿来做“挡箭牌”，却没想到后来会真的爱上他。

有人说，要想知道一个男人对你有没有用心，看他给你送了什么礼物就知道了。

苏先生给温柠送的第一份礼物是一个哆啦 A 梦的抱枕，他在温柠的微博上看到她喜欢蓝胖子。

收到苏先生从东京寄来的抱枕时，温柠激动得失眠了。在那之前她也收到过别的男生送的礼物，但从来没有哪一次让她光看到礼物就怦然心动。所以其实和礼物无关，送礼物的人才是关键，苏先生已经不知不觉住进了她心里。

温柠和苏先生相距两千多公里，有一个小时的时差，苏先生每到晚上十二点都会催促温柠早睡，她那边刚好是十一点。温柠有熬夜的习惯，和苏先生交往以后，作息时间规律了很多。

温柠和苏先生的网恋进行到第七个月的时候，苏先生的前女友找上了温柠。

那个女生叫夏菏，温柠认识她，夏菏以前是学生会副主席，还创办了摄影协会，本科毕业后留在了学校读研。和苏先生分手后，夏菏又谈了两场轰动校园的恋爱，夏菏来找温柠的时候距离上一段恋情结束不到两个月。

夏菏找温柠的理由很简单，苏先生出国的时候没有和她商量，在要走的前一个月才问她是否愿意等他，夏菏负气提了分手。现在苏先生快要毕业回来了，夏菏直言不讳想和他复合。

温柠觉得夏菏的想法是天方夜谭，分手几年的情侣要复合，哪有那么容易？不过想到夏菏是苏先生的初恋还是难过了好几天，温柠没有把握他会不会动摇，好在苏先生一再表示自己不会再和前任有一丝瓜葛。

也是后来才知道，苏先生和夏菏分手的真实理由并不是因为他要出国，而是夏菏喜欢上了别的男生，苏先生对她的感情在他知道真相后早已耗尽。

5

知道苏先生要回国的消息是在三天前。

温柠当时正在图书馆查资料，看到苏先生发过来的订票截屏，她雀跃不已，差点儿碰翻了书架上的一格图书。

连续两个晚上，温柠都辗转难眠，想到马上就要见面，兴奋之余不免还有些担忧：虽然看过彼此的生活照，也开过视频，但真的见面会不会见光死呢？

知道苏先生个子有一米八二，温柠特意找出了只穿过两三次的小高跟，见面前一天还去理发店做了头发。

温柠怀着忐忑的心情在机场等了半个多小时，终于等来了苏先生。

温柠和苏先生并排走出机场，温柠问苏先生是否要先回家。

苏先生笑笑说："我都没让我爸妈来接机，肯定是想先见你啊。"

温柠的脸再一次发烫了，不敢正视苏先生："那你现在想去哪儿？我陪你去。"

"先陪我去吃饭吧，我饿了。"

“好啊，你想吃什么？我请客。”

“随便。”苏先生望着面前认真询问的小女生打趣道。

“那我得问问餐厅老板有没有叫随便的美食！”温柠翻了个白眼道。

苏先生笑而不语靠近了温柠，悄悄抓住了她的右手。温柠停住了脚步，抬起头看了看满眼笑意的苏先生，轻轻回握了苏先生宽厚的手掌。

温柠带苏先生去了一家她经常光顾的西餐厅，刚点完餐，苏先生的手机就响了，他看了一眼来电显示皱了皱眉：“是夏菏的电话。”

温柠眼里闪过一丝黯淡的光，不过很快就笑着点了点头，示意苏先生接电话。

苏先生按了接听键，夏菏的声音传来：“你回来了？”

“嗯。”苏先生调小了手机音量，温柠讶异地看到他在开免提。

“好多年没见了，我们什么时候有时间见一面呢？”夏菏直奔主题。

“不好意思，没时间。我和温柠现在在吃饭。”

“你们现在在一起吗？”

“对。”苏先生面无表情地回答。

“我们三年的感情还抵不过你们一年吗？”夏菏的声音有些激动。

“我和你已经分手了，温柠现在是我女朋友。”苏先生满眼温柔地看着温柠说道。

“可我是你的初恋，当初你那么爱我……”

“我也是温柠的初恋，我心里只有她。”苏先生打断了夏菏，夏菏没再说什么。

苏先生挂了电话，看着温柠吃吃地笑：“傻瓜，我说过只爱你一个人的，这是承诺，一辈子的。”

温柠感动地点点头：“我愿意赌上一辈子的幸福。”

6

回去的路上，温柠问苏先生：“你为什么选择我呀？”

“因为……”苏先生顿了几秒，“我从没想过我们不会在一起。”

苏先生一脸的志在必得，温柠有些不解。

“喏，手机给你，锁屏密码是你的生日，然后点相册，里面有我想给你看的东西。”

温柠接过手机的一瞬心脏跳得飞快，苏先生的手机屏保是温柠的自拍照，点开相册，一眼就看到了一个名为 love 的相簿，里面的照片全部和温柠有关。

很久以前，温柠听过一句话，如果一个男生愿意把你的照片设置成手机和电脑桌面，珍藏和你有关的一切照片，甚至连聊天记录都不愿丢失，那他一定是爱你的，很爱很爱。

所以在看到那一张张自己的照片时，她百分百确定他是真的爱她。

苏先生送温柠回到学校，临别的时候，温柠调皮地冲苏先生笑："欢迎回来，你有什么愿望吗？我看能不能帮你实现。"

苏先生揉了揉温柠的头发，笑着点点头："有啊，我们现在不是异地恋了，以后就好好陪在我身边，好吗？"

温柠愣愣地看着苏先生好一会儿才反应过来："当然没问题。"

苏先生没有告诉温柠的是他们其实在很早以前就认识了。有一年冬天他在尼泊尔旅行，温柠也在，他是一个人，她则是跟团。在加德满都杜巴广场，她和同行的游客有说有笑，还主动帮大家拍照片。

他们住的是同一家酒店，傍晚温柠在走廊上给家人打电话，苏先生听温柠的方言才知道他们是同一个地方的人。

晚上苏先生刷微博的时候，在周边的人中刚好看到了温柠的头像，点进去看了温柠的微博以后加了关注。

苏先生看着眼前呆萌的女孩不觉笑容更深了，好像真的没办法不被她吸引，无论是在尼泊尔还是现在。

幸好等到你，幸好你没放弃

我想我这一生最好的运气就是遇见林阳。以前是，现在是，未来也会是。

1

5年前，我大一，临近学期末的时候遇见了林阳。

林阳那时候读大四，学计算机，是我们班辅导员的外甥，那阵子辅导员很忙，又懒得管大家。在女生宿舍屡次发生开水瓶爆裂事件和使用大功率电器跳闸事件以后，辅导员开班会的时候把林阳带到了班上，告诉大家以后有什么生活问题和学习问题都可以找他。

林阳在讲台上自我介绍的时候，坐我周围的女生都在窃窃私语。我在那些暗藏爱慕的对话中知道了林阳原来是学霸，除了每年都拿奖学金，还获得了北大的保研名额。

讲台上的林阳文质彬彬，11 月的气温有点儿低，他穿了一件黑色毛衣，外搭卡其色长风衣，个头目测有一米八，最让人着迷的是他的笑容很温暖。我对笑容好看的男生一向没有抵抗力，我和我妈最喜欢的韩国明星都是裴勇俊，很难得的一次共识，不为别的，就因为那迷死人不偿命的笑容。

所以在班会结束以后，我不甘心只有黑板上林阳的手机号码，追到走廊上谎称自己是生活委员骗到了林阳的 QQ。

晚上在食堂吃夜宵的时候又碰到了林阳，他坐在角落的餐桌上吃盖浇饭。白天加了林阳的 QQ，但一直没通过，我怀疑是不是被他识破了谎言。犹豫半天，终于还是壮着胆子走上前喊了一句学长。

林阳抬起头愣了几秒才想起什么似的：“你是上午跟我要 QQ 的学妹是吧？”

我点点头：“我叫温蓝，但我不是生活委员，就是想加你 QQ。”

“哦……”林阳没说什么，继续吃饭。

我无比尴尬，只好埋头吃夜宵。

过了一会儿，林阳无厘头地冒出一句“我没看手机，待会儿回宿舍加你”才化解了尴尬。

也是那天我知道了林阳之所以是学霸的原因，不是天赋，而是勤奋和刻苦。林阳没课的时候都待在图书馆自习，而我吃夜宵的时候，林阳吃的是晚饭，他忘记饭点了。

那时候我还没有体会到什么叫拼命，直到很多年后临近毕业，我连续半个月废寝忘食着了魔一样赶论文的时候，才终于明白我和林阳之间的距离原来从最开始就存在了。

晚上十点多的时候，林阳加了我。

我迫不及待地点开林阳的空间，却发现并没有很多状态。我当时以为这是林阳不常用的小号，但事实上林阳真的是一个不爱更新状态的人，后来有了微信也是如此，一两个月才发一次朋友圈。

生活中不乏高调的人，但也有一些人，无论是喜悦还是难过，都一个人默默承受。我们只看到对方头上的王冠，却忘记了荣誉背后的辛苦。

林阳显然属于后者。

那天以后我经常在学校里碰到林阳，教学楼、图书馆、食堂、超市……我很少像这样高频率地碰到一个人。后来仔细想想，大概是因为那时候脑袋里总是浮现出林阳的影子，不是有句话叫念念不忘必有回响吗？当你总是想着一个人的时候，那他就真的出现了，因为你的眼睛总是在搜寻那个人，我们的心，从来不会轻易说谎。

2

2012 年到来的时候，我在电话里和林阳表白了。

当时的我裹着外套站在宿舍的阳台上瑟瑟发抖，但还是口齿清晰地说出了那四个字。

那是我人生当中第一次对一个男生说我喜欢你，电话那头的林阳沉默了足足一分钟。

“温蓝……”

我分明听到了林阳的叹息声。

“我知道答案了，你不要说话。”我努力平复自己的情绪，“我知道自己很唐突，我们认识才一个多月，可是足够判断我对你的感情了，第一次见到你我就有怦然心动的感觉，后来的日子又发现自己更欣赏你身上优秀的品质，我真的……真的很喜欢你。”

“温蓝，对不起……”

“你不用觉得抱歉，如果你觉得别扭，就拉黑我吧，再见。”

挂了电话，我整个人感觉都要虚脱了，眼泪早已模糊了整张脸。冬天的风吹在脸上又冷又疼，当时矫情地觉得这个世界不会再好了。

第二天我请了病假没去上课，晚上林阳打来电话，我盯着手机屏幕上偷拍的林阳的头像迟迟没有按接听键，林阳第三次打来的时候，我把手机关机了。

不到一个小时，林阳出现在我宿舍门口，室友开门以后，林阳冷着脸把我叫了出去。

那是我第一次看到林阳严肃的样子，像在生气。我随便披了件外套就出去了，他看了我一眼，让我换一件厚一点儿的外套，我当时有些恍惚，但还是乖乖地换了件呢子大衣。

甜品店里，林阳点了两杯热奶茶和几样糕点推到我面前："先吃东西，别跟身体过不去。"

原来室友已经告诉林阳我一天没吃东西了。

那天晚上，林阳说了很多，包括他的一些陋习，比如有强迫症和洁癖，做事情追求完美，典型的处女座。可是那又怎样，我还是喜欢他。但当我知道他申请了加州大学的硕士研究生时，头脑却冷静了下来。

"温蓝，你还年轻，一定会遇到更好的男生。"林阳的语气很诚恳，我知道他是真的为我着想，可我还是无法接受这样的祝福。

"那你喜欢我吗？"

"喜欢，但我不想耽误你。"

"那就够了，就算你去美国，我也等你回来。"

林阳笑我傻，我摇摇头说真的没关系。

林阳不会知道那时候的我之所以那么信誓旦旦，其实除了是真的愿意等他，还有一个原因是我希望林阳申请失败，这样他就可以在国内读研了。原谅那时的我心理阴暗，我只是想和他在一起。

3

算起来我和林阳真正在一起的时间其实也就小半年。1 月份结束期末考放寒假，我在南方，他在北方。

2 月 1 日我生日，林阳寄给我的生日礼物是周杰伦 2011 年发行的《惊叹号！》的亲笔签名专辑。

我还记得拆开包裹的时候惊喜程度一点儿也不亚于中彩票，读初中的时候有一个愿望就是攒够钱买偶像的专辑和看演唱会，后来这些愿望都实现了。我所能想到的就是周先生出专辑了一定要买，有签名就更完美了。

所以当我喜欢的男孩给我送来我喜欢的歌手的签名礼物时，我觉得世界上再也没有比这更美好的事情了。

林阳在贺卡上写了一行字：你是我最美好的遇见，最真挚的祝福是我想给你幸福。

年轻的时候，我们总以为拥抱就一定会幸福，幸福就一定会长久。然而所有幸福的幻想都在林阳收到加州大学的 offer 时幻灭。

林阳跟我分享这个消息的时候特别激动，看得出来他是真的很重视这件事情。

我说："恭喜啊，你得请客吃饭。"

"必须的啊！"林阳抱着我转了个圈儿，我在一阵晕头转向中却感觉不到一丝喜悦，想到他过不了多久就要离开，而我却只能在原地等他回来心里就一阵难过。

之后，林阳走程序准备申请签证的材料，6 月份签证下来，学期也接近末尾。

有一天晚上，我和林阳在田径场散步，他兴高采烈地跟我描绘未来生活的蓝图，也包括我们的爱情，他说以后我们会结婚，会有孩子，然后在周末的时候开车去郊游。我没想到林阳原来还有这么温柔又孩子气的一面，我本想说一定会的，不知怎么话到嘴边却变成了"真的要放弃北大吗"？

长长的沉默以后，林阳说："温蓝，对不起，我太自私了。"

"不不不，别人知道我有个学霸男朋友不知道有多羡慕呢！"我赶紧转移了话题。

自私的人不是林阳，是我自己。明明是我跟不上他的步伐，却还抱怨对方不肯停下来等我。我怎么能说别人自私，只怪自己没能力跟随爱的人去远方。

我曾经问过林阳为什么会喜欢我，林阳思索了一下后认真地告诉我，因为我是第一个能把喜欢说得那么坦荡的女生。虽然后来知道真正的原因是因为我长得有点儿像他喜欢的某个女明星，但还是要感谢自己的一腔孤勇。

爱情有时候就是瞎猫碰上死耗子，结果永远无法预知。

4

7 月，林阳飞去美国，我暑假待在家里，郁郁寡欢了一段时间后总算接受了异国恋的事实。

16 个小时的时差，连打电话都变得很困难，林阳又忙着做实验和打工，我们联系的次数越来越少，而我因为没有安全感，害怕林阳有新欢，因此变得敏感、多虑，最终演变成争吵。林阳的脾气真的很好，每次都很包容我，有时候明明是我无理取闹，但服软、妥协的人却是他。

还有一次吵架，我在气头上威胁林阳，如果他不回来，我们就分手。林阳第三天居然真的出现在我面前。

又是惊喜，又是自责，我骂林阳是傻子。林阳只说，我怕你真的跟我分手。

林阳读研的两年时间里，我无数次作死，但我们没有分手。这得益于林阳的好脾气。

我以为等林阳毕业回国一切都会好，但我们还是分手了。

林阳结束学业后没有回国，而是去了硅谷。

他在电话里说他想先在美国工作，再等他两年，他就回来。但我不想等了，林阳带给我的希望一下子幻灭了，我在电话里冷静地说："林阳，我们分手吧。"

他沉默了片刻后缓缓说道："对不起，是我不好，但无论如何，我都希望你能幸福。"

就这样，我和林阳结束了两年的异国恋。他没有如期归来，而我也已失去等待的耐心。

分手那天，我在朋友圈发了一条状态：我爱你，可是我不愿意等你了。然后拉黑了林阳所有的联系方式。

那天晚上我哭到凌晨两点多才睡去，中间醒来两三次，眼睛肿胀得不行。

之后我有过一段无疾而终的感情，男生抱我的时候我推开了对方。那时候我才知道林阳是我生命里的一场浩劫，爱过他以后，我好像无法去爱别的人了。

2015 年周杰伦结婚，我看着周先生婚礼的照片又哭又笑，然后又指着和自己差不多年纪的周太太怒骂道："没想到我喜欢了那么多年的男神会娶你这个'小婊子'。"

室友骂我神经病，但我那时只是很想念送我专辑的林先生，一直不愿说出口的想念在那一刻就像洪水翻涌而来。

周先生结婚后没多久，我毕业了，进了外企，拿不高不低的工资，过不咸不淡的生活，只是林阳经常出现在我的梦里。梦里的林阳总是会端一杯热奶茶给我，然后说我们以后会结婚，会幸福。

5

我曾经以为林阳再也不会出现在我的生命里，但当他毫无征兆地出现在我面前的时候，我退缩了。

那是 2016 年的西方情人节，林阳说："我回来了。"

我忍住眼泪拼命摇头："你走吧，我不想见到你。"

还是熟悉的模样，说话的语气也没变，林阳那么真实地出现在我面前，我却觉得再也回不去了。我怕这又是一场不真实的梦。

得到的越美好，失去就越痛苦。

林阳不死心，之后又有几次出现在我公司，同事都说我桃花运不要太好，遇到这样深情的男生就不要再错过了，但事情的真相恐怕只有我和林阳两个人才知道。我没去解释，也不想解释。

屡次被拒以后，林阳没有再来找我。

本该高兴的，但心却莫名地感到失落。

我的生活平静了一个多月，在一个周末下午，这份平静被打破了——我收到大学辅导员的生日邀请。这实在是一件稀罕事。

盛情难却，晚上到达聚会点的时候才发现自己被骗了，没有生日聚会，偌大的包厢里只有一个人，是林阳。

我转身要走，林阳上前拉住了我："温蓝，你听我说。"他的声音有几分无奈和不舍。

其实当时明明可以挣脱林阳的拉扯一走了之，但是我没有，我已经很长时间没有听到他这样叫我的名字了。

林阳跟我说他留在美国的初衷只是为了积累工作经验和多挣点儿钱。

我说："都过去了，不是吗？"

林阳说："不是的，我希望你幸福，但我更希望给你幸福的人是我。"

"我现在挺好的。"

"温蓝，别去相亲好吗？"林阳见我要走，情急之下突然冒出这一句。

我愣了一下："你盗我微信了？"我记得我只在微信上和同事开玩笑说过相亲的事情，和对方打赌输了被逼着发了一次朋友圈。

"你忘了我的专业吗？我只是学以致用，何况你微信的保护措施一点儿也不到位，拉黑这种事以后还是不要做了。"

"……"

见我不说话，林阳又从口袋里掏出一串钥匙："你愿意跟我一起布置新房吗？"

剧情反转得太快，我还没反应过来，他突然从背后抱住了我："我说过会和你结婚的，对不起，之前一直想着多挣钱早点儿让你过上更好的生活，所以，久等了，都是我不好。"

"可是你不知道在我心里，你比房子重要一百倍吗？"我又气又恼。

“嗯，我知道，所以我忘了说买房子欠了朋友不少钱，不知道你愿不愿意跟我一起还债。”

我转过身认真地看着林阳，一字一顿地说道：“因为是你，我愿意。”

“真庆幸你还没放弃我，不然我真的不知道我所做的一切还有什么意义。”

林阳看着我笑容更深了，而我只觉得眼前一阵眩晕，只看到他温暖的笑脸。那时我终于明白自己对他根本毫无抵抗力，无论是笑容还是这个人。

后来林阳问过我，如果他一直不出现怎么办，我说可能会孤独终老吧。他吓得抱紧了我，像个撒娇的孩子一样喃喃道：“幸好没再错过。”

如果你用尽力气爱过一个人就会明白，因为那个人是他，所以就算晚一点儿也没关系，你有的是时间愿意等待。

你不知道的是我曾经喜欢过你

林宇森打给我的时候是晚上十一点，樊卉刚进浴室洗澡。

我摘下耳机，裹了件羊绒大衣走到阳台才按了接听键，“你现在在哪里了？”

“在北京，她还好吗？”电话那头传来林宇森吸气的声音。

“挺好的。天冷了，你……”

“那就行，我这边还有点儿事，先挂了。”

话还没说完，耳边就响起了嘟嘟的忙音，手机上的通话时间显示的是一分零四秒。

我不由得苦笑，其实不用想也知道，林宇森给我打电话通常只有一种可能，那就是询问樊卉的状况。

阳台刮来的大风呼呼响，不知道是不是天气变冷的原因，我突然有点儿怀念和林宇森在校门口的烧烤摊撸串的日子。

1

林宇森是樊卉的初恋男友。

6 月末的时候，我陪樊卉到一家三甲医院做人流。

作为樊卉四个室友中的一个，我问她为什么不选别人的时候，正在涂指甲油的女生幽幽地回答："我看过你在厕所留下的烟头。"

有一丝丝惊讶，但没有被人摘下面具的羞耻感，反而有种如释重负的坦然。在这之前，我们虽然住在同一间宿舍，但形同路人，而我和樊卉的关系在那一根没处理好的烟头被发现后意外破了冰。

我没有过樊卉那样的经历，堕胎的故事也只在一些言情小说上看到过。没有切身体会就没有感同身受这回事，所以无论创作者如何卖弄文采，于我也只是隔靴搔痒。

樊卉告诉我她怀孕了的时候我正要打开 word 写稿子，寝室里只剩下我和她两个人。

"孩子的父亲是谁？"虽然对于樊卉怀孕的事情并不意外，班上早有传言说她在校外被人包养，但好奇心还是脱口而出了。

"想知道？"樊卉晃了晃手里的超市购物袋，里面是五六罐啤酒和两袋泡椒凤爪。

那天晚上我跟着樊卉去了足球场，我们坐在草坪上打开了话匣子。

“你是不是觉得我是一个烂女人，一点儿都不洁身自好？”樊卉的声音里带着一丝自嘲的意味。

“那倒没有，不过……怎么没做好保护措施呢？”

“赵园，你没谈过恋爱吧？”樊卉咯咯笑着递给我一罐冰好的啤酒。

“这个……真没有。”

樊卉大概没想到我回答得如此坦然，她愣了几秒，不过很快就恢复了笑容：“文艺女青年在爱情这方面的确困难重重。”

我没有反驳。

夏天的风吹在脸上凉凉的，我和樊卉有一搭没一搭地边喝酒边聊天。不远处的草坪上有情侣抱在一起接吻，樊卉看了他们一眼不无感伤地说道：“以前，我也和他在这里接过吻。”

那是我第一次知道林宇森，不是别人口中的暴发户，只是一个普通的调酒师。

2

樊卉是在高考之后的暑假认识的林宇森，也是从那时候开始喜欢上喝酒的，确切说是喜欢上给她调酒的人。

“他给我调的第一杯酒就是有‘鸡尾酒王后’之称的曼哈顿，我从来没喝过那么难喝的酒，所以我到吧台去找他算账来着……”

和很多第一次进酒吧的女孩子一样，樊卉觉得花那么多钱喝到的却是一杯又苦又辣比二锅头还难喝的酒实在不划算，但当她看到清瘦俊秀的调酒师时，吐槽的话却全部卡在了喉咙。

“如果你以为我只是被他的外表迷住了那就大错特错了。”樊卉微醺的脸上露出好看的酒窝，从侧面看过去有点儿像邓丽君，不得不说，樊卉“系花”的头衔不是吹出来的。

樊卉的运气不太好，第一次去酒吧就摊上了事儿。

十点钟的时候，酒吧被人包了场，有人过生日。樊卉正要结账的时候，几个染了黄头发的男人过来拦住了她，虽然是邀请她去庆生，但光看对方的样子就知道不是好惹的人。进退两难之时，林宇森出来解围，他谎称自己是樊卉的男朋友，还说了很多好话。那伙人面子上挂不住才没有继续为难樊卉，但是林宇森却因此被扣了半个月工资。

或许是因祸得福，不到一个月，樊卉就和林宇森在一起了。

9 月份开学的时候，林宇森辞去了原来酒吧的工作来到了樊卉上大学的城市，在学校附近的一家酒吧继续调酒。那家酒吧的名字叫“遇见”，在没有听樊卉说起之前，我没有进去过那家店。

“后来又是为什么分手呢？”我闷头灌了一口啤酒有些不解。

明知道一段感情的开始和结束都是极其自然的事情，但是樊卉的故事却让人意犹未尽。

樊卉没有回答我的问题，她半闭着眼睛躺在草坪上。夏天的夜晚可以看到比平时更多的星星，我不知道她有没有找到心里的那颗星。

3

我见到林宇森是在樊卉打胎前一个星期，那时候刚好赶上期末考，樊卉准备考完试后再去医院。

考完现代汉语的时候，有个高个子男生在教学楼门口叫住了我，什么也没说只塞给我一个信封叫我给樊卉。信封里装着的应该是一沓人民币，那时我已经猜到他就是林宇森。

“你应该亲自给她。”我把信封退回给林宇森。

“她一直不肯见我。”

“那你可以打卡啊。”

“她银行卡注销了。”男生脸上透着一股沮丧。

“……”

林宇森怕被樊卉撞见，留下联系方式后就匆匆离开了。而那个信封里的钱最终还是以我的名义转交给了樊卉。

隔天加了林宇森的微信，从断断续续的聊天中终于知道了他们分手的真相。

樊卉在知道自己怀孕后第一时间告诉了林宇森，但林宇森的一句“那怎么办”刺痛了樊卉。我大概能理解樊卉的心情，当我们遭遇困难时第一个想到的人却表现得比自己还不知所措时，内心肯定是免不了失望的。

“我当时真的只是吓蒙了。”林宇森无辜地说道。

我也能理解林宇森的反应，林宇森只比樊卉大一岁，人在极度紧张的状态下做出的反应违背常理也是情有可原的。但真正让樊卉决定放手的却是因为一个叫雪菲儿的女生。

我曾在学校见过雪菲儿，比我和樊卉高一届，音乐专业，长着人畜无害的面孔。全身上下从衣服到鞋子还有各种饰物都是名牌，家里是开酒店的。

也许是大小姐见多了富家子弟，在酒吧见到林宇森以后不知道是玩性大发还是动了真情，一场富家女恋上穷小子的蹩脚戏码在酒吧火热上演着。每次都点最贵的酒，指名要林宇森调酒，林宇森为此遭到不少同事的冷眼。

“你让我给樊卉的钱不是她的吧？”

“怎么可能？”林宇森回复微信的速度比我想的要快很多，他还说自己根本不想理会死缠烂打的女生，我这才放了心。

我翻过林宇森的朋友圈，发现他很少更新动态，基本上是一个星期才会更新一次的那种。而最近的一次是在十二天前，拍的是一杯调好的鸡尾酒，配文是“你最爱的曼哈顿”，樊卉还在下面点了赞。

4

第二次见到林宇森是在医院。

樊卉刚做完人流手术，我陪她去输液室时在走廊上碰到了林宇森，一同来的还有雪菲儿。

我没有把樊卉打胎的日子告诉林宇森，他显然也有些意外在这里碰到我们。“雪菲儿对白兰地过敏，我只是陪她来看病的。”林宇森望着樊卉说道。

“哦。”

“有什么需要我帮忙的吗？”林宇森有些自责地问道。

“没有，你们不挡道就是最大的帮忙。”樊卉剜了一眼林宇森身边的雪菲儿，我才明白这绝不是一场简单的偶遇。

雪菲儿的脸色陡然变得难看。

“系花在医院堕胎的消息要是传出去得伤了多少男生的心呀。”

“你是来打狂犬疫苗的吧？”

“什么？”

“只有被疯狗咬了才会乱咬人啊。”樊卉冷笑着说道。

雪菲儿的脸一阵红一阵白，扬起的手还没碰到樊卉的脸就被樊卉抢先扇了一耳光，仿佛是用尽全身力气，雪菲儿的脸上很快就印出五个指印。

“我们走。”樊卉的声音异常坚定。

我没有理会身后被林宇森拖住的大吼大叫的雪菲儿，如果那天我回头看一眼也许会发现林宇森眼里无限忧伤，而雪菲儿的眼里则是满满的仇恨。

打点滴的时候，樊卉一直在掉眼泪。那是我第一次看见樊卉哭，吓得小护士以为是手术出现了问题。我找不到安慰的话语，只是轻轻抱住了樊卉，心理的创伤恐怕只有时间才能治愈。

晚上林宇森在微信上找我说有东西要我转交给樊卉，我猜又是现金。我看了一眼已经睡着的樊卉，她的脸没有一丝血色，最终还是决定去赴约。

“遇见”离学校有半个小时的路程，我到酒吧的时候已经是晚上十点，林宇森见到我的时候有些诧异，不等我和他打招呼，雪菲儿已经抢先走到我面前。尽管戴了口罩，她的右脸还是明显比左边的脸大。

“是来替你的好姐妹拿抚恤金的吗？”

“是你发的微信？”

雪菲儿挑眉：“我只是想验证一下自己的猜测。”

我正准备骂她的时候，林宇森说话了：“是我让她代我发的消息。”他微笑着看了一眼雪菲儿，“我希望今天上午发生的事情不会有第五个人知道。”

“只怕有的人没事干就爱无事生非。”我看了一眼怨气冲天的雪菲儿说道，她瞪了我一眼还想再还嘴，林宇森却先开口了："我想这对大家都好，不是吗？"

雪菲儿这才没有再把事情闹大。

那时候我好像知道了林宇森为什么喜欢樊卉而不是雪菲儿，一个是纯白无瑕毫无心机的百合，一个是浑身带刺睚眦必报的玫瑰，两个人根本没法比。

我以为林宇森会一直默默爱着樊卉，但他和雪菲儿还是在一起了。

林宇森在朋友圈发了一张亲吻雪菲儿的亲密照，虽然只是似亲非亲，但还是氤氲着暧昧的气息。而让我深感意外的是樊卉竟然在照片下面点了赞。

我正犹豫要不要告诉她在酒吧发生的事情时，樊卉已经从衣柜里拿出一条雪纺长裙比画着问我："今晚穿这条裙子去和帅哥约会怎么样？"

5

我最后一次见到林宇森是 8 月末的事情。

那天晚上我从琴行下课回来，室友叫我帮忙打包一份夜宵回去。

买夜宵时看到林宇森一个人在喝酒，我在他旁边坐了下来。

“怎么没带你那白富美女友来体验一下咱小老百姓的生活？”

林宇森抬头看了我一眼没有答话，只叫忙得不亦乐乎的老板加了一盘烤串和两瓶啤酒。

那是我第一次和男生在烧烤摊吃东西，冰冷的啤酒在胃里翻滚，脸上汗涔涔的。一台落地扇根本不够用，林宇森递给我一包湿纸巾。

“你为什么背叛樊卉和雪菲儿在一起？”

“你觉得以雪菲儿的性格可能会白白挨那一巴掌吗？”

“她威胁你了吗？”

“没有。”

“那怎么……”

“老板，结账。”不等我说完，林宇森放下钱拉起我就走。

8 月的夜晚浮动着燥热的气息，我还没反应过来发生了什么就被林宇森拖进了出租车。

到达林宇森的住所时才知道刚刚在烧烤摊的时候他看到了几个经常出没在酒吧的男人：“他们是来找我的，抱歉把你拖下水了。”

我摇摇头说没事，只是想起了我那把落在烧烤摊的吉他。

林宇森刚回到家就接到了那伙人的电话，电话那边的人不知道说了什么，我只看到林宇森的脸色很难看。“我跟她一个月的恋爱契约已经到期，我也马上会离开这里，你们以后不要再来打扰我的生活了。”

安静的客厅里，林宇森的声音一直回荡在我耳边。

我没想过自己和林宇森的人生会有什么交集，毕竟我和他从严格意义上来说连朋友都算不上，但当我看到那只摆放在客厅角落里的大号行李箱时还是有点儿难过。

晚上十一点的时候，林宇森骑车送我回来，赶在宿管关门前把我送到了宿舍楼下。

他的身影在路灯下拖得长长的。

“以后要好好生活，我会想你的。”

“再见。”林宇森笑了笑，说再见的声音淡淡的。

我没有说再见，转过身挥了挥手努力不让眼泪掉下来。

6

后来我再也没有见过林宇森。

他不再更新朋友圈，也注销了以前的电话号码。

9 月末的时候我收到一份包裹，寄件人地址显示的是天津。长方形大纸盒包装得严严实实，拆开来是一把民谣吉他，附带的还有一张便条：“这是我托玩音乐的朋友从日本带回来的吉他，希望你会喜欢。”没有日期，也没有落款。我反反复复看了好几遍那两行字，然后默默折好那张便条放进了钱包夹层。

樊卉换了两任男朋友，一个是学生会主席，还有一个是个富二代，所谓一人得道鸡犬升天，顶着电灯泡的光环，我跟着樊卉去过几次高级餐厅胡吃海喝。每次去酒吧，樊卉总会点一杯曼哈顿，而我也在樊卉的诱导下渐渐喜欢上曼哈顿的味道，只是我们都不再去“遇见”酒吧。

我把林宇森和雪菲儿分手被不良青年骚扰的事情讲给樊卉听，她刚在脸上涂满了绿豆面膜泥只剩下两只眼睛，正在翻看最新一期的时装杂志：“那些都是过去的事情了，我只想过好现在。”

我没有把在林宇森的单身公寓里看到的相册告诉樊卉。那些照片很多都是他们在一起的时候拍的照片，还有一些则是樊卉发在朋友圈和微博的自拍照，林宇森把这些照片都洗了出来。

我偷偷拿了一张，那是我和樊卉在一家日料店吃饭时发在朋友圈的自拍，照片上的樊卉化了清新靓丽的小淡妆，而我几乎是素面朝天，尽管如此，我还是觉得很珍贵，那是所有照片里唯一有我的一张。

林宇森说要去另一个城市生活的时候，我很想问他什么时候回来，但是最终还是没有说出口，有些话不必说出口，因为害怕听不到自己想要的结果。我对林宇森产生好感大概也是从那时候开始的。

如果再见总是遥遥无期，不如现在就给我一场未知的冒险。在有生之年，即使等不到那个人的归期，我想也不会枉然。

7

樊卉洗完澡出来的时候我摁灭了手里的烟头。

“交男朋友啦？”她挤眉弄眼一脸坏笑。

“没有啊。”

“刚刚还背着我接电话，是不是勾搭上哪个帅哥了？”

“你猜。”

樊卉白了我一眼，拿起干毛巾擦头发：“不猜。你是女孩子，少抽点儿烟，不然找不到男朋友哦。”

“嗯，我知道。”

我戴上耳机，把空调温度调高了一点儿，这个时候如果有烧烤和啤酒或许不会那么冷。

耳机里传来单曲循环了很久的一首歌——

当一艘船沉入海底

当一个人成了谜

你不知道

他们为何离去

那声再见竟是他最后一句

当一辆车消失天际

当一个人成了谜

你不知道

他们为何离去

就像你不知道这竟是结局

……

我叫赵园，中文系大二学生，会弹吉他，偶尔给杂志社写小说。我虽然还没有谈过恋爱，却写过不少言情小说，想来也许和那段暗恋有关。哦，对了，我曾经还喜欢过一个林姓少年，不知道他现在过得好不好。

你没实现的梦，我来帮你实现吧

1

2015 年 9 月，梦寒在时隔两年以后更新了一条微博：你没实现的梦，我来帮你实现吧。后面 @ 了一个人——她已经去世两年的男朋友。

我看到这条微博瞬间泪如雨下。

两年的时间，很多人已经换过一个又一个爱人，美丽多愁的梦寒却还是孑然一身。

要说世间什么样的爱人可以永恒，非死去的爱人莫属了。

时间回到 2012 年夏天，我在 C 城旅游时遇到梦寒。

当时的梦寒还是个活蹦乱跳的姑娘，看到我一只手在比剪刀另一只手举着相机吃力地自拍，梦寒走到我面前笑着说：“我帮你拍吧。”

我高兴地点点头。

梦寒帮我拍完两张照片以后，笑嘻嘻地招呼了和她同行的男生过来，让男生帮我跟她拍一张合照：“要把我们都拍得美美的哦！”

我至今都还记得梦寒俏皮的声音，20 岁出头的女生，眼角眉梢都透着喜悦。

临了的时候，梦寒和我互加了微信，她说以后给我寄合照和明信片。我们的交集就此暂告一段落。

旅游回来后不到半个月，梦寒从北京给我寄来了我们的合照还有十多张明信片。她告诉我，每一张明信片上的风景都代表了一个城市，21 岁的梦寒已经去过了 15 个城市，随行的还有那个给我们拍照的男生，她的男朋友，叫徐畅。

熟络以后，梦寒给我讲了她和徐畅的故事。

2

梦寒是杭州人，来北京上学的第一年就遇见了土生土长的北京男孩徐畅。

当时她和室友接了个车展礼仪的兼职，徐畅是摄影师，拍照的时候，梦寒自来熟地搭讪徐畅：“帅哥，拍照的时候麻烦把我拍得美一点儿可以吗？我的脸不太上镜。”

徐畅看了一眼梦寒，浅笑着说:“没问题，不过你长得挺好看的，不用担心这个问题了。”

梦寒的性格虽然大大咧咧的，脸却还是刷地一下红了。

我见过梦寒，她的五官很小巧精致，只是在大众都以锥子脸为美的时代，梦寒却长了一张圆脸，所以才看起来有些婴儿肥。

在那之前，梦寒一直有些自卑，被徐畅这么一夸，不管是不是真话，女孩心里都喜滋滋的。

梦寒那时没有想过会再见到徐畅，上天却为他们安排了重逢。

大一学期末，徐畅来梦寒的学校给毕业生拍照。

中午的时候，徐畅在校门口的餐厅吃饭，梦寒正好在那家餐厅做兼职生。点菜的时候，徐畅愣了一下：“是你啊！”

梦寒笑嘻嘻地说：“原来你还记得我呢！”

那顿午餐徐畅吃得有些心不在焉，梦寒忙前忙后的身影让他有些恍惚。

等梦寒结束中午的兼职回学校的时候，徐畅在餐厅门口叫住了她：“你很缺钱吗？”

梦寒转过头冲徐畅翻了个白眼：“你会不会说话啊？”

徐畅这才意识到自己的话有歧义，连忙改口道：“我是说你兼职应该很累吧？”

梦寒耸耸肩，无所谓地说道：“反正闲着也是闲着，不如赚点儿钱出去玩。”

“我开了个摄影工作室，一直想招个助理，如果你愿意的话，可以来我这边。”

梦寒看着徐畅有些难以置信：“当然愿意，只是我没学过摄影，帮不了你什么。”

“没关系，我教你。”徐畅笑着说道。

后来的日子，梦寒每次回想起这一段都觉得人生开了挂。遇见徐畅以前，她做梦也没想过自己会接触摄影。

梦寒学的是外语，一心只想毕业以后进外企，做一份朝九晚五的工作，然后平平淡淡地过生活。

徐畅的出现就像一只水鸟踩过湖面，打破了梦寒原本平静如水的生活。

3

徐畅的工作室离梦寒的学校有一个多小时的路程。为了不迟到，她每逢周末都会早起一个半小时坐公交和转地铁。

刚开始的时候，徐畅只让梦寒在旁边观看和负责接待客户，等过了些时候，徐畅开始教梦寒如何对焦、调光圈、构图等。

徐畅是个好脾气，就算梦寒好几次差点儿摔坏他的相机也没有苛责过她，反而更加耐心和细致地指导梦寒。

“为什么对我这么好啊？”

徐畅送梦寒回学校，梦寒坐在副驾驶上终于问出这句憋在心里很久的话。其实从一开始徐畅让她去他工作室帮忙，梦寒就有些摸不着头脑。

徐畅脸上的表情有些窘迫：“你的手看起来白白净净的，最好不要沾上餐厅里的油污。”

梦寒微微翘起唇角，温暖也在心底蔓延开来。

车子停在梦寒的宿舍楼下，梦寒从车里下来，不巧被同学撞见。一脸坏笑的女同学嗔怪梦寒交了男朋友还藏得这么深，梦寒刚想解释，徐畅忽然从车里探出半个脑袋：“以后有机会请大家吃饭。”

梦寒心里一惊，徐畅这句话是默认了两个人在恋爱吗？还是只是替自己解围呢？

连续三天，梦寒都不敢找徐畅聊天。直到第四天晚上，徐畅突然给梦寒打电话，徐畅的声音和平常没什么两样，但是接下来的一番话却让梦寒终身难忘。

徐畅说：“梦寒，我只谈过一场恋爱，那是高中的时候，女生是我们班学习委员。我们瞒着家长和老师偷偷摸摸地搞地下恋情，我以为我们到了大学就能光明正大地在一起，可是后来，她跟了别的男生，再后来不断劈腿。我曾经以为这辈子再也不会对什么人动心了，可是看到你的时候，突然觉得生命有了另一种色彩，我很确定你就是我要找的那个人，不知道你愿不愿意和我在一起。”

梦寒听着徐畅一股脑儿说完这些话，心里又是喜悦又是迟疑。在这之前，梦寒一直不知道徐畅有过那样一段感情经历，但等缓过神来又想，都已经是过去式了，还在意那些干吗？于是假装淡定地回答徐畅：“可以在一起试试啊。”心里却早已乐开了花。

梦寒和徐畅在一起了，梦寒再喊徐畅“师父”的时候，徐畅会微微皱眉，梦寒连忙改口叫老徐。

关于徐畅的年龄一直是个谜，直到有一天，梦寒偷偷看到徐畅的身份证，她才知道他比自己大 3 岁。

如果没有后来的意外，徐畅曾向梦寒许诺，等她一毕业，他就和她去民政局领证。

梦寒一脸惊呆地看着徐畅：“这也太快了吧？我不想那么快就成为人妻啊！”

“放心，傻瓜，就算和我结婚了，你也还是我的女王大人。”

每次回想起徐畅当时宠溺的眼神，梦寒都一阵心酸。

4

梦寒第一次见到徐畅的家人是在 2011 年的中秋节，徐畅带她到北京的郊区看望爷爷奶奶。

老太太看到徐畅来特别开心，聊天的时候，老太太和梦寒说了很多徐畅小时候的事情。但绝大多数事情都发生在徐畅读小学的时候，对于中学以后的事情，老人只字未提。

也是那时候梦寒才知道徐畅的父母在他小学毕业以后就把他接回了家里，只是没过两年，父母就离异了，他跟了父亲，母亲嫁给了一个加拿大的商人，再婚没多久就移民到了国外。

母亲结婚没多久，徐畅的父亲也带回来一个女人，原本两个人的家突然变成了三个人。

徐畅对继母不讨厌也不喜欢，骨子里的淡漠却是从那时候开始滋长的。

奶奶对梦寒说："我们家小畅看起来虽然和别人家的小孩没什么两样，但内心其实藏了不少心事，这一点我是非常清楚的。"

奶奶告诉梦寒，徐畅小学六年级的毕业典礼，父母因为有事情，都没能赶来参加。最后还是爷爷去的，徐畅是毕业生代表，在台上结束发言后一直闷闷不乐，爷爷问他怎么了，徐畅只说没事。可那天晚上回到家里，奶奶分明记得徐畅躲在房间里哭了半个多小时。

回去的时候，梦寒坐在副驾驶望着安静开车的徐畅缓缓开口：“以后我会一直陪着你的。”

徐畅握紧了梦寒的手笑了笑：“我也会的。”

5

听说爱一个人的表现之一就是不管去到哪里做什么事都会想到那个人。

徐畅自从知道梦寒的旅行计划以后便尽可能带她出行，有时去外地出差也会叫上梦寒。

他们的旅行是从 2011 年 10 月开始的，终止于 2013 年 1 月，在这期间他们一起去过了 5 个国家，20 多个城市，两个人一起旅行的最后一站是尼日尔，被列为世界上最不发达国家之一。

梦寒怎么也没想到那会是他们的最后一次旅行。

2013 年 1 月 29 日，从尼日尔回来后的第一个星期，徐畅服安眠药自杀了，在睡眠中和这个世界做了永别，也彻底离开了梦寒。

噩耗传来的时候，梦寒又哭又笑，嘴里一直说着不可能。直到亲眼见到徐畅的黑白照片时才不得不接受他已经离开的事实。

徐畅的葬礼上，梦寒见到了他父母。不再年轻的男人面如死灰，眉头紧皱，一身黑衣黑裙的女人则长跪不起，哭成泪人。男人训斥女人，女人责骂男人，新账旧账都被翻了出来。

梦寒看了一眼徐畅的照片后悄悄地离场了。

徐畅离开以后，梦寒很长一段时间都没有走出悲伤的阴霾。

学心理的朋友听说了徐畅的事情以后，推断徐畅很可能患有抑郁症。

梦寒突然喃喃自语：“是我害死了他。”

原来在去非洲以前，徐畅曾问过梦寒能不能换别的地方：“非洲环境太差了，条件也很艰苦。”

梦寒撒娇道：“我一直向往三毛跟荷西的爱情故事，你就陪我去一趟非洲吧！”

徐畅说好。

6

徐畅离开后的半年，梦寒曾不止一次梦到同一个场景：梦里是一片沙漠，徐畅行走在沙漠里，一阵风沙刮过，他突然消失不见了。

梦寒念着徐畅的名字醒过来，满脸都是泪。

徐畅离开了，就像一阵风拂过，却在梦寒的人生里留下浓重的一笔，那些属于他们两个人的记忆也一直不肯离去。

后来梦寒去看他们在尼日尔拍的照片才惊觉徐畅的镜头里最多的是当地的小孩和妇女，那种带着无辜和警惕的眼神让梦寒心口一阵疼痛。梦寒想起在尼日尔的时候，徐畅曾说过："这是一片被上帝遗忘的土地。"

梦寒后知后觉，原来自己一直都没有看懂徐畅隐忍的悲伤。

"他看起来总是无忧无虑的，脸上也总是挂着笑容，从来不会在我面前抱怨什么，无条件纵容我，尽可能满足我的一切要求……我以为他真的过得很快乐，却忽略了他一次又一次失眠工作到天亮，也没问过他会不会孤独……我可能是这个世界上最糟糕的女朋友吧。"

如果人生可以重来，梦寒说她一定不会再让他陪她去非洲。

7

2014 年，梦寒从学校毕业，如愿进了外企，心里却没有一丝喜悦。生活就像一杯白开水，工作于她也不过是安身立命之本。

工作的第一年，她拒绝了两个同事的表白。被问及理由，她只说心里有喜欢的人。毕业后，她从来不和任何人提起她和徐畅的故事，徐畅是她心里一碰就疼的伤口。

很多人都说爱情的伤痛会随时间治愈，时间久了，伤痛会不药而愈，可是忘记徐畅，梦寒做不到。

“那就一直记着吧。”2015 年新年，梦寒更新了这条微博签名，至今没有再改过。

2015 年 7 月，盛夏，梦寒给我打电话：“我又梦到他了，这一次和以前的梦不一样。”

梦寒说徐畅在梦里给她和别的男人拍结婚照，徐畅是笑着的，梦寒却看到了眼泪……

两个月后，梦寒辞职了。

徐畅走之后，梦寒曾发誓这辈子都不再碰单反，但是那场梦就像一记耳光，打醒了梦寒：摄影是徐畅这辈子最深的执念。她爱他，所以她重新拿起了相机继续他的梦想。

辞职以后，梦寒去了很多以前和徐畅约好却没能去成的城市。

她把旅途中发生的故事记录了下来，刊登在旅游杂志和个人公众号上。

上个月，梦寒发了一条朋友圈，定位显示在冰岛。梦寒脸上的笑容澄澈，眼神一尘不染，美好得就像我们刚认识时的样子。

我在评论里问梦寒什么时候才会停止漂泊安定下来，她回复我：“等有一天遇到一个让我有结婚冲动的男人，那我就不再四海为家。”句末附带了一个憨笑的表情。那一刻，我想她是真的释然了，也活成了徐畅在另一个世界最想看到的模样。

第二章　我不愿只是你人生的一抹风景

You are not a passer-by

听说爱情回来了

1

方园去长沙那天，方妈妈在候车室一边核对要带的东西一边唉声叹气：“你去了那边要是不回来了，我就当你是被人贩子拐骗了。”

方园笑着打趣：“那您和老爸可不要跑到山沟沟里去找我啊。”

“卖了好，还更省心。”方妈妈嗔怪道。

方园却不说话了，看着妈妈为自己忙前忙后的样子突然有些鼻酸，从小到大，她一直都是父母的心头肉掌中宝，他们对自己永远都有操不完的心。原以为毕业工作了会省心，最后却还是因为自己的感情问题伤了父母的心。

方园这次去长沙是去找前男友周楚复合的。

火车开动后，方园放好行李箱在自己的座位上坐了下来。坐在她对面的是一对情侣，男生抱着 iPad 在打游戏，女生靠在男生的肩膀上听歌。过了半小时左右，女生问男生某牌子的饮料放在哪里，男生放下 iPad 一拍脑门说给忘记了，女生有些生气，男生叫女生先喝别的饮料，等列车员来推销的时候再买。女生有些不情愿，男生无意瞥到方园桌上的零食，看了有半分钟，方园很快反应过来，把自己还没喝的饮料递给了女生，女生有些不好意思地说："一直都喝的这个牌子的饮料，所以……"

方园微笑表示理解。

之后男生又接着玩游戏，女生戴着耳机靠在男生肩上听歌。

方园望着车窗外疾驰而过的风景，心里涌起莫名的伤感，她忽然有些想念周楚了。

2

和对面的女生一样，大学时候的方园也偏食，吃酸辣粉不要酸不要辣不要香菜不要葱。一开始和店里的老板说这些时，老板看看方园笑呵呵地说："不要酸不要辣还叫酸辣粉吗？"后来熟悉了方园的口味，老板一看到方园来店里老远就招呼她，"我知道你的酸辣粉不要酸不要辣不要香菜不要葱。"

认识周楚也是在学校门口的这家酸辣粉馆。

大二那年冬天，方园去酸辣粉馆吃夜宵。晚上九点多的时候小店人满为患，好不容易在一个角落找到了空位，不料刚坐下，另一个男生就端着一碗热腾腾的酸辣粉在她对面坐了下来。

方园看了一眼男生碗里的香菜和葱皱了皱眉，看到男生又加了几勺辣椒和醋之后，方园忍不住指着男生的酸辣粉惊呼："你好重口味啊！"

男生的脸一阵红一阵白，不过很快就笑着说在他们家乡，这点儿辣根本不算什么。

也是那时，方园知道了周楚是长沙人，和自己同一个年级，学的计算机专业。

方园后来在学校里见过几次周楚，方园记性不太好，有些脸盲，不过她对周楚的印象特别深刻，不是因为他有一张酷似王力宏的帅脸，而是他长了一对招风耳。方园有个堂弟就是招风耳，小时候堂弟来家里玩，方妈妈总夸堂弟聪明又能干，方园那时恨不得自己也有一对招风耳。

两个人后来又在这家店偶遇了几次，一来二去，方园和周楚变得熟悉了，两人互加了微信。

天气冷不想出门的时候，方园会叫周楚帮她打包一份酸辣粉到宿舍楼下，周楚也乐意效劳。

后来方园和周楚一起去酸辣粉馆的时候，老板一边煮粉一边调侃周楚："你女朋友的口味真独特。"方园正要解释自己和周楚只是普通朋友关系时，周楚却先开口了："要真的是女朋友就好了。"

老板看着他俩意味深长地笑了笑："吃了我的酸辣粉，万事皆有可能哦。"

而一个星期以后，方园真的成了周楚的女朋友。

后来每次回想起周楚的告白，方园都忍不住发笑。

在图书馆门口，周楚拦住了刚下自习的方园："我觉得我们可以从普通的朋友关系往更深层次发展，比如跟我交往做我女朋友。"

方园忍住笑，反问眼前有些忐忑的男孩："我为什么要答应你呢？"

周楚若有所思地回答："我室友说处对象最重要的一点是要有共同爱好，而我们的共同爱好就是都爱吃酸辣粉，正好可以凑一对。"

方园终于没憋住笑："你这人真逗！"

这大概是史上最奇葩的告白理由吧。

3

大三下学期的时候，周楚家里发生了一件大事，他爸的公司破产了。也是那时候，方园才知道周楚以前也算个"富二代"，只是藏得比较深。

周楚家的房子被法院收了，还欠了很多债。他爸爸以前风光无限，有钱有势，面对突如其来的变故抛下妻子和儿子逃到了国外。

家里出事后，周楚请了一个月假回家了。

方园打电话过去，周楚直接挂了电话，再打过去后也没有接通过。

方园找到了周楚的室友，好说歹说终于要到了周楚搬家后的地址。

方园第一次去长沙，坐了六个多小时的火车才到。在陌生的城市里，喜欢的人没有出现在车站，连电话也打不通，方园有些委屈。好不容易叫了一辆的士，司机听到方园说的地址后诧异地看着她："那个地方挺乱的，你一个小姑娘提防着点儿啊。"

"没事，我男朋友在那边。"方园笑笑，心却有些沉重。

到目的地时，方园才知道司机口中的乱是真的乱，一条巷子走进去，住着十几户人家，一律是低矮的平房。没有固定的垃圾桶，很多人直接把垃圾放在家门口，散发出一阵恶臭，住的人也鱼龙混杂。方园拖着行李箱经过的时候，几个染了头发叼着烟的男人还吹起了口哨。

方园强装镇定一路走过去终于找到了周楚家的门牌号。

方园在门口徘徊了几分钟，终于还是叩响了生锈的铁门。开门的是一个中年女人，那是周楚的妈妈，虽然脸色憔悴，但还是难掩美丽温和的气质。

方园说明自己的来意后，周妈妈有些震惊，像看到了救星一样把方园迎进了家里。

"周楚不在家，他出去送货了。"周妈妈倒了一杯开水端给方园说道。

方园难以置信周楚请假回家的这些日子，原来每天都去贸易市场打工了。

周妈妈把方园带到周楚的房间，她看了一眼只能容纳下一张床和电脑桌的房间，心里更加难受了。

让方园更难受的是周楚想休学，周妈妈说他那些日子一直在投简历和面试，她拜托方园劝劝周楚。

方园见到周楚的时候眼眶突然红了，两个星期不见，周楚的气色很不好，眼睛里布满了血丝。四目相对的一刻，周楚躲开了方园的视线。

"你为什么不接我电话啊？"方园直视着周楚问道。

"我们分手吧。"周楚低下头轻声说道。

"你说什么？"

"我们出去说吧。"周楚拉着方园向门外走去，顺带把方园带来的行李箱也提了出来，周楚说以后再也不想见到她了。

方园骂周楚是个懦夫，周楚自嘲："我就是个懦夫，是我配不上你了，所以你以后不要再出现在我面前了。"

两个人越吵越凶，那是他们在一起以来吵得最凶的一次，周楚一改往日的好脾气。吵到最后，方园妥协了："分手可以，但是你不能休学，一定要读完最后一年，算我求你了。"

周楚犹豫了很久才点头答应，又给方园找了一个宾馆让她先住一晚明天回学校去。

"那你自己呢？"

周楚说他答应了给老板送货，得做完这个月才能结工资，陪方园找到宾馆以后，周楚正要准备回去，方园叫住了他，她从行李箱里拿出一个书包塞给他："里面是你的课本，别忘了复习，快考试了。"

周楚愣了一下，接过书包头也不回地走了。

那天晚上，方园在宾馆附近找到一家酸辣粉店："老板，一碗酸辣粉，要酸要辣要葱要香菜。"

酸辣粉端上来以后，方园又加了两勺辣椒和醋，不知道是不是太辣了，吃的时候她一直哭个不停。

其实不是因为辣，她只是想起了大三上学期，有一次和周楚在新开的一家粉馆吃酸辣粉，老板记错了端了两碗超辣的酸辣粉上来，周楚愣是用筷子一点儿一点儿地把碗里的香菜、葱花、辣椒都剔掉了。

4

临近期末考的时候，方园在学校里见到了周楚，他比以前更瘦了，头发剪得很短看起来精神了很多。方园正想上前打个招呼，周楚已经掉头走了。连续几次都是这样，方园的初恋最终以周楚的逃避而不见终结。

周楚拉黑了方园的所有联系方式，在学校里偶然碰见也形同陌路，曾经在一起时的幸福就像一场梦。

方园依然光顾学校门口的那家酸辣粉馆，只是再也没有在那里见到过周楚。

2013 年 4 月，临近毕业的时候，《致我们终将逝去的青春》全国上映。方园一个人去了电影院，看到郑微知道陈孝正要出国留学的时候说的那句“也许我愿意和你一起吃苦呢”，方园的眼泪稀里哗啦地流下来，压抑了快一年的情绪在那一刻终于释放。

方园在学校最后一次见到周楚是在毕业酒会结束后的那天晚上。方园跑到男生宿舍楼下呼唤周楚的名字，连续叫了几次以后，周楚的几个室友把他推到了阳台上。周楚站在六楼高的地方看着方园在楼下望着自己，只听见她说：“周楚，我好喜欢你。”这是方园 23 年以来第一次跟人表白，对象是周楚。

周楚的眼眶突然湿了，发生家庭变故都咬着牙没掉一滴眼泪，可是看着自己喜欢的女孩勇敢说出喜欢自己的话却无法坦然去接受的时候，周楚内心深处蛰伏着巨大的悲伤。

方园在周楚楼下足足站了半个多小时，都没有见到他下六楼。她最终还是没有等到他，一个人在众多男生的注视下离开了。

方园的背影看起来很孤单，周楚想起了她离开长沙那天，也是这样的背影，他看着她过安检进候车室，自始至终都没有回头。

……

5

火车快要到达长沙站的时候，坐在方园对面的女生送给她一张明信片："这是我男朋友在我家乡拍的照片，现在他要带我去他的城市看看。"女生说了一个北方城市的名字后和男生相视一笑继续听歌和打游戏了。

或许这才是爱情最美妙的地方，无论去到哪里，只要想到有他在身边就不会觉得陌生和遥远。

明信片的背后是一行娟秀的小字：择一城终老，与一人终老。方园看着这行小字回想起发生的一切，更加坚定了自己的想法。

电话接通的时候，方园顿了几十秒才叫出周楚的名字："我在长沙火车站，等你来接我。"

方园没有给周楚一点儿犹豫和拒绝的机会就迅速挂了电话。

如果不是周楚妈妈的那通电话，方园可能到现在都还没有勇气铤而走险，而毕业酒会那晚失败的告白也让她在工作后的两年多时间里都没办法好好和异性相处。方妈妈给方园暗中物色了不少男生，她总说："结婚的事不着急，但是可以先试着谈朋友。"方园只好硬着头皮和那些男生一起吃饭、看电影、唱K，但每次都是败兴而归，见了第一面就不想见第二次。方园说不出那些男生有什么不好，但就是连普通朋友都做不成，更不要说恋爱了。

周妈妈打来电话那天，周楚喝醉了。周妈妈说他平时不太喝酒，但是那天晚上却喝得烂醉，嘴里一直念念有词，周妈妈听了好久才听清周楚叫的是园园……

周楚睡着后，周妈妈偷偷翻了儿子的手机通讯录，个人收藏一栏里只有两个名字，一个是周妈妈，另一个是方园。周楚换了两个手机号码，可每一个号码添加的第一个联系人都是方园。

周妈妈还说，周楚的手机相册里有一个分组全都是方园的照片，有大学时候的合照，还有一些是从微博上保存下来的照片。

“我儿子每天都加班到凌晨一两点，周末也不闲着，即使这样也从没听过他一声抱怨。他总是安慰我说一切都会好起来的，可是我知道他过得一点儿也不快乐……”周妈妈说到后面突然哽咽了。

原来放不下过往的并非只有自己一个人。

方园后来才知道周楚那天会喝醉是因为他在微博上看到她和一个男生吃饭的照片。方园记得自己并没有发这样的照片，周楚吞吞吐吐说是那个男生艾特了方园。原来他不但用小号关注了方园，还关注了和方园互动比较频繁的异性。

和周妈妈结束通话的第二天，方园给杂志社社长递交了辞呈。

6

不同于第一次来长沙时的酷热，冬天的长沙冷飕飕的，方园从火车站出来哆嗦着进了旁边的麦当劳。

半个小时过去了，周楚依然没有打电话过来。方园也不着急，反正她已经做好了留在长沙的准备，大不了向周妈妈搬救兵。

周楚还是来了。

方园看到周楚在出站口给自己打电话突然想跟他开个小玩笑，方园假装失落地说："我没等到你，所以回去了。"

周楚看了一下手表："不可能，这才过去不到一个小时，你现在到底在哪儿？"

方园看到周楚焦急的模样突然有些感动："你站在那里别动，我过去找你。"

方园走过来的时候，周楚呆愣了片刻。两年不见，方园比以前更瘦了，她以前有些婴儿肥，瘦下来以后比以前更耐看了，头发也留长了。虽然前不久在微博上看过方园发的自拍照，不过见到真人的时候还是按捺不住心跳加速。

方园站在离周楚一米开外的地方笑着说："你现在闭上眼睛。"

"你又要在大庭广众下对前男友做一些没节操的事情吗？"

“别说话！”

周楚无奈地闭上眼睛等待方园接下来的恶作剧。

上大学的时候，方园经常做这样的事，让周楚把眼睛闭上，然后自己消失得无影无踪，或者捏一把他的脸，挠一下胳肢窝。虽然很幼稚，可方园对此一直乐此不疲。

让周楚意外的是方园这一次没有搞恶作剧，而是给了自己一个熊抱：“周楚，我好想你。”

方园的声音很温软，周楚心里一颤抱紧了方园。

在来火车站之前，周楚内心发生了激烈的斗争，一个声音说自己现在还不够优秀，方园如果和自己在一起还得吃几年苦；另一个声音说比起刚开始的落魄，现在的情况已经好很多了，如果这一次再把方园赶走也许就真的要错过一辈子了。和方园分开的两年多时间里，周楚把所有时间和精力都投入到了工作里，但是每次看到和方园有关的一切，都要一遍又一遍催眠自己才能克制找她的冲动。

让周楚决定来见方园的是周妈妈发来的一条信息，周妈妈好言相劝：“方园是个不可多得的好姑娘，这次辞职来长沙是铁了心要复合，一颗心不能一而再再而三地被辜负。”

“园园，谢谢你。”

方园抬手摸了摸周楚的脑门：“傻了吧？”

周楚顺势牵过方园的手放进了上衣口袋里：“我现在很清醒。”周楚笑了笑，“接下来想去哪里？”

“先去你家。”

“两年不见，胆子变肥了不少。”

“是真的啊，我都和阿姨说好了要帮她做晚饭的。”方园一脸认真地说。

“就知道你们是串通好了的。”

“我们那叫强强联手，防止你这个闷骚青年英年早逝。”

周楚脸上满头黑线，心里却想着照这样的情形，以后不用为方园和妈妈的婆媳关系烦恼了。

7

“你还记得我们第一次见面的情景吗？”出租车广播里正在放光良的《第一次》，周楚饶有趣味地看了一眼方园。

“你点了一碗超级辣的重口味酸辣粉。”

“不是。”

“那不然是什么？”

“还要早一点儿。”

周楚第一次见到方园是在学校的食堂，方园跟食堂阿姨说要一碗不加调料的酸辣粉，阿姨没理方园，方园解释说自己刚做完阑尾炎手术，不能吃辣，食堂阿姨才点了点头。而那时周楚就站在她旁边。

方园惊讶地看着周楚：“那时候我才大一。”

周楚点点头："是啊，所以你大一的时候我们就认识了。"

那天晚上，在周家，方园在微博上写下这样一段话：生命之中有些不期而遇并非偶然，而是他站在原地等了你很久，发现你一直不来才制造了一场偶遇。哭过笑过，他让你明白，心心念念的等待才是最长情的告白。

这一刻，趁现在，趁还在，去爱吧。

时光机和你都不再回来

2014 年 1 月，沈翼辞去美国的工作回到了国内，在青城市立医院上班。

沈翼离开的这些年，青城已经不是记忆里的青城。

1

“青城大学惊现都教授！”

当这条被网友转疯了的热门微博映入眼帘时，沈翼的心脏还是不规律地跳动了几下才恢复正常频率。

“眼不见为净。”好友卢思思正要关闭微博时却被沈翼抢先一步点开了配图。

陌上公子人如玉。岁月并没有在魏子期的脸上留下太多痕迹，从 18 岁到 28 岁，10 年的跨度足够使人脱胎换骨，然而照片上的男人却依旧鲜衣怒马，笑起来眼睛还是会发亮。

记忆里的魏子期并不常笑，单薄的身体里似乎隐藏了很多心事，照片上的笑容却是如此澄澈，沈翼的嘴角也轻轻上扬。仿佛还是中学时代，魏子期的眉头舒展了，沈翼的笑容也就绽开了。然而翻到第二张照片时沈翼的笑容凝结了，虽然只拍到半边脸，沈翼还是一眼就认出了魏子期身旁的女生，徐子珊，家世好，成绩好，相貌好，这是中学时期沈翼从别人口中听到的徐子珊，典型的白富美。

这个世界就是这样，有些东西很多人拼了命想要得到却未能如愿，而有的人似乎不费吹灰之力就能拥有。徐子珊显然是后者。

“死心了吧？你就是不见棺材不掉泪。”卢思思有些恨铁不成钢。

“他现在不是还没评上教授吗？而且又没有特异功能。”沈翼答非所问，顿了几秒关闭了窗口。

“别转移话题，我可听说他俩都订婚了，我看这次聚会你就甭去了。”

“干吗不去，我又不是为了见他们。”沈翼手心却被指甲掐出一道月牙痕。

“那就打扮得洋气点儿，好歹是去过美利坚的妞儿，除了皮囊稍微差点儿，咱也不比徐子珊差多少。”

“滚！”

“想哭就哭，别憋着，老娘在幼儿园那会儿就看过你哭鼻子的傻样儿了。”

“谁哭了？”沈翼死鸭子嘴硬，眼泪却顺着脸颊滚落下来，卢思思摇摇头把纸巾递给了沈翼。这样的情景任谁见了都不会相信这是一个经常在手术台上和器械打交道的外科医生，然而每个人都有一根软肋，魏子期就是沈翼的软肋。

2014 年初，《来自星星的你》火了，从来只看美剧的沈翼也被闺蜜卢思思带到韩剧的坑里了。只是她不是千颂伊，身边没有来自外星球的都敏俊，陪她走过一段青春的男生已经是别人的未婚夫。

2

认识魏子期的时候，沈翼刚上高一，魏子期是第二学期转来青城一中的。

魏子期来的那天，青城下了一场小雨，魏子期进来的时候发梢上沾了不少雨水，眼神有些淡漠，自我介绍只报了自己的名字。

“魏子期同学，你就和班长沈翼坐一块儿吧。”班主任委以重任地看了一眼沈翼。

“欢迎加入高一（2）班，我是沈翼。”沈翼伸出右手，魏子期却直接无视地坐下了，沈翼尴尬地缩回手，哀怨地看了一眼班主任。

向来开明的班主任居然没有询问当事人的意见就把这个转学生塞到了自己身边，显然这又是一个不好惹的主。

3

那是沈翼第一次见到魏子期，魏子期的傲慢无礼让她对这个转学生的好感度降到了负数。

这样的状态持续了一个星期，魏子期不和自己说话，和别的同学也没有半点儿要交流的意思，上课除了睡觉就是看漫画，沈翼觉得魏子期是个怪人。

“我又没欠他钱，天天摆着张臭脸，郁闷死了。”放学后，沈翼推着自行车和卢思思抱怨。

“你说他都一个多星期没和你说过话，也没和其他同学交流，这人该不会是有自闭症之类的心理疾病吧？”

“这也太狗血了吧！又不是拍电影，我看他就是爱耍酷。”沈翼想到魏子期那张冰山脸立即否定了卢思思的猜想。

然而在很多年以后，沈翼才想起一个成语叫一语成谶，魏子期真的患过自闭症。也是那时候沈翼才知道自己在魏子期的青春里既是天使，又是魔鬼。

4

和魏子期正式交锋是在第一次月考后，魏子期考了倒数第一。

“你所有科目都交白卷，这样很酷吗？”

“和你有关系吗？”魏子期目不斜视地向车棚走去。

“怎么没关系，你把我们班平均分都拉低了，你怎么还能心安理得地坐在教室上课？”

“那又怎样？”魏子期继续往前走。

“你给我站住！”沈翼彻底被惹恼了，“如果你 3000 米能跑赢我，我以后就不再插手你的事，但是输了的话就给我好好学习，怎么样？”沈翼拦住魏子期一脸的志在必得，她看过魏子期的档案，特别说明一栏写了不能剧烈运动。

魏子期怔怔地看着面前这个比自己矮一个头的女孩，那是他第一次直视沈翼，不算精致的五官，一双扑闪扑闪的大眼睛却透着一股灵气，后来魏子期见过很多长相出众的大眼美女，却总觉得那些眼睛都没有沈翼的漂亮。

“好男不跟女斗。”魏子期扔下这句话刚要离开却被沈翼拽住了袖子。

“你是怕了吗？”沈翼挑衅道。

魏子期挑了挑眉，跟着沈翼去了田径场。

那场比赛最终却没能决出胜负——沈翼摔跤了。粗糙的塑胶跑道把沈翼的手臂和膝盖都蹭破了皮。

当时遥遥领先的魏子期在听见沈翼的惨叫后立刻停止了跑步。

“喂，你没事吧？”看着跌坐在地上疼得龇牙咧嘴的沈翼，魏子期蹲下身扶起了她。

“没事，以前训练时也摔倒过，都习惯了。”

魏子期眼底闪过一丝讶异，脸色稍微缓和一些：“先去处理伤口。”魏子期拎起沈翼的书包扶着她向医务室走去。

第二天早上，沈翼早早来到学校，魏子期却比她更早到教室。

“魏子期，你改邪归正啦？！”沈翼一脸的不可置信。

魏子期看了一眼咋咋呼呼的沈翼，递给她一条创可贴：“你的伤口没发炎吧？”

“没有没有，擦些碘伏消消毒就没事了。”

“女生还是要保护好自己的皮肤。”

沈翼的脸刷地一下红了。

5

那天以后，魏子期按照约定认真学习了，尽管那场比赛没有输赢。

第二次月考成绩出来后，魏子期考了第三名，全班同学的目光都聚集到了魏子期身上，只有班主任一脸淡定。

课间休息的时候，沈翼跑到隔壁班把这个爆炸性消息告诉了死党卢思思。

“你是说你那个奇葩同桌这次月考考了前三？确定不是倒数吗？”

“学委第一，我第二，魏子期差我两分排第三。这让我情何以堪啊？”

……

6

“天赋异禀。”

这是沈翼在魏子期拿回全国奥林匹克数学竞赛一等奖的奖杯后得出的结论。

彼时沈翼已经升入高二，她和魏子期都选了理科班，巧合的是两个人又分在了同一个班。

3000 米比赛之后，魏子期不但对学习认真了许多，性格也变好了。

中午放学后，沈翼把一个礼品盒递给魏子期，这是她昨天放学后特意到商店里选的袖扣。

“谢了。”魏子期接过礼物，揉了揉沈翼毛茸茸的短发。

沈翼愣了一下，反应过来的时候脸颊一片绯红，魏子期这么亲密的动作，还是第一次。

“魏子期，拿了这么大的奖，必须请客吃饭哦！”沈翼装出一副山大王的样子，却还是掩不住脸上的红润。

“就知道会被你敲诈，走吧，学校侧门新开了一家西餐厅，味道还不错。”魏子期看起来心情不错。

沈翼乐呵呵地跟着魏子期出了教室，然而有种遇见叫不期而遇，就像魏子期不知道会在准备跟沈翼表白的时候撞上徐子珊。

魏子期喜欢沈翼是因为那次 3000 米赛跑。

后来魏子期在青城大学参加教职工马拉松大赛的时候总会想起沈翼在操场上挑衅的眼神，魏子期有运动恐惧症，这是他初二参加运动会摔骨折留下的后遗症。当他看到沈翼摔倒在跑道上时心被狠狠地扯了一下，魏子期就是那时候动心的。

“子期学长，恭喜你啊！”一阵清脆的声音打破了走廊的寂静，沈翼和魏子期都愣了一下。

“我是高一（1）班的徐子珊啊，你忘了？”扎着马尾的女生笑意盈盈，魏子期思索片刻后才想起来徐子珊也参加了数学竞赛。

那顿饭因为徐子珊的加入沈翼吃得心不在焉。对于他们讨论的印象派绘画、意识流小说、哥特式建筑，沈翼都听得云里雾里。魏子期却表现得兴致勃勃。那天，沈翼第一次发现看似木讷的魏子期原来这么健谈。

若干年后，沈翼才后知后觉，在这场三个人的游戏中，似乎自己才是那个可有可无的玩家，明明都是十六七岁的年纪，魏子期和徐子珊谈论的话题却直接把自己甩出几条街。

7

“现在的男生都爱泡学妹吗？”晚自习时，沈翼扔给魏子期一个纸团。

魏子期看了一眼潦草的几个字，又瞥了一眼闷闷不乐的沈翼，冷不丁用签字笔敲了一下沈翼的脑袋：“那怎么没有学长来泡你啊？”沈翼看到这个回答后愤愤地看着笑得快撒手人寰的魏子期，恨不得用眼神杀死这个贱人。

“晚自习后请你吃夜宵。”魏子期看了看满脸黑线的沈翼假装负荆请罪。

沈翼瞪了一眼魏子期，冷哼一声，回了“不要”两个字。

然而不等晚自习结束，魏子期就把沈翼拖到了校门外的大排档。

“想吃什么，随便点。”

沈翼一看到冒着热气散发着诱人香味的烧烤早就把怒气抛到九霄云外了。

沈翼狮子大开口点了一桌的烧烤，还要了两罐雪碧。

“徐子珊只是高一的一个小学妹，参加奥赛时认识的，我和她不是你想的那样。”魏子期望着左手一串香辣鸡柳右手一罐雪碧毫无吃相的沈翼有些无奈。

“就算喜欢她也很正常啊，长得漂亮，成绩又好，还温柔，男生不都喜欢这样的女孩子吗？”沈翼喝了一口雪碧，“你要真喜欢她，要不要我帮你追她？”

“谢谢，不用。”魏子期白了一眼沈翼便不再说话。沈翼不知道魏子期因为自己的一句玩笑话耿耿于怀了好多年。

8

再见到徐子珊，沈翼正在打扫包干区。

徐子珊不知道从哪里搞来两张五月天的演唱会门票，托沈翼转交给魏子期，沈翼犹豫了一下还是接过了门票。

如果说之前的猜测还处于不确定状态，那么现在再白痴如沈翼的人也该明白徐子珊和魏子期的关系非同寻常了。想到近日频繁出现在自己视野里的女生，沈翼不禁苦笑，自己竟然不知不觉做了红娘。

9

在那之后，沈翼和魏子期之间的关系发生了微妙的变化，沈翼开始躲避魏子期。

对于沈翼的变化，魏子期不明所以好几次都想追问个究竟，但都吃了闭门羹，情急之下，魏子期找到了卢思思。沈翼没有和卢思思说过自己和魏子期冷战的事情，卢思思刚想答应魏子期帮他探一下口风却看到徐子珊抱着一本习题册过来了。

卢思思顿时来气了，她以前在图书馆借书的时候和徐子珊看中了同一本书，那本书刚好只剩下一本，两个人谁也不肯让步，最后图书管理员把书借给了徐子珊。卢思思后来才知道原来徐子珊的妈妈给学校捐赠了一批图书。

魏子期再来问沈翼的事情时，卢思思把沈翼的原话添油加醋了一番："小翼叫你和学妹好好发展。"

魏子期心里难过不已，不过从那以后真的没有再和沈翼说过话。

卢思思说起魏子期和徐子珊的事情时，沈翼表现得无所谓："他们本来就是人中龙凤啊。"在她看来，魏子期和徐子珊这样的女生在一起确实比较般配，只是看到魏子期给徐子珊讲题目的情景时，心里还是隐隐作痛。

10

沈翼和魏子期的最后一次交集是在一次晚自习。

沈翼永远不会忘记那个夜晚。刮风打雷之后教室里的灯全部都熄灭了，整栋教学楼陷入一片漆黑，雨声、雷声、尖叫声混杂在一起。黑暗中，魏子期紧紧抓住了沈翼的右手。

“你干吗？”沈翼恼怒地抽出自己的手，借着微弱的应急灯光走到讲台上制止骚动，那个时候的沈翼一定没看到脸色苍白、冷汗淋漓、呼吸急促的魏子期有多么的惶恐和无助。

10 岁那年，同样是在一个狂风暴雨的夜晚，魏子期的妈妈切断了家里的电源，然后反锁了卫生间，当魏子期被雷声惊醒跑到妈妈的房间时空荡荡的床上却没有人。

魏子期跑到客厅，整个屋子弥漫着一股刺鼻的血腥味，在看到从卫生间溢出的一摊血水时，魏子期失语。他不愿相信，那个躺在浴缸里被鲜血浸染的女人是自己的母亲。

魏子期的父母感情不和，父亲忙着公司的事情，母亲是典型的家庭主妇，在魏子期 8 岁那年患上了抑郁症。他初三那年看到母亲的病历单才知道她有心理疾病。

从那以后，魏子期变得不爱说话和讨厌雷雨天，即使下雨也不撑伞。

这些都是后来徐子珊告诉沈翼的，沈翼愧疚的同时也难过于自己不是第一个知道这些的人，她缺席魏子期人生的那些年，徐子珊替她完整了。

11

临近期末考的时候，魏子期没有再来上课。他要回户籍地念高三，班主任已经给他办好了转学手续。

午休的时候，沈翼拨通了魏子期家里的电话，却一直没人接听。想到班主任说魏子期以后不会再来青城了，沈翼逃了下午的课，坐上了去魏子期家的公车。一路上她都在想要怎么跟魏子期道歉请求他原谅，但在魏子期家门口看到徐子珊的一刻，沈翼突然觉得有些自作多情。

隔着人行道，沈翼看到魏子期轻轻拥抱了徐子珊便钻进了黑色奔驰，从始至终都没有看到不远处的沈翼。

12

沈翼和卢思思到达娱乐城的时候已经是晚上九点多钟，距离派对开始还有半个小时。昏暗的包厢里，服务生正在打点酒水小吃。

沈翼和卢思思选了个幽暗的角落坐下来。

“好久不见，沈翼学姐。”纵然多年不见，徐子珊依旧一眼就认出了蜷在角落里的沈翼。

徐子珊的声音就像穿堂而过的疾风，连同那些曾经绞痛心脏的记忆也一幕幕被撩开。

3 年前，沈翼还在美国念医科大学，收到徐子珊的邮件是意料之外的事，那时她们已经 7 年没有联系了。徐子珊告诉沈翼，她和魏子期在一起了，还上传了一张两人的亲密照。

“我报考了他的大学，选了和他一样的专业，跟着他考研，大家都以为我们早就在一起了，可我知道在他心里始终为你保留着一个空位，不让别人靠近。直到 4 年前他亲眼看到你和你男朋友在网上晒的幸福照时才决定释怀。”

“我真的很讨厌你，你什么都没有为他做过却在他心里住了那么多年。也曾恨过你，在他最需要帮助的时刻你弃他而去。”

……

徐子珊的邮件不是很长，沈翼还没看完却已经泣不成声。原来他真的患过自闭症，原来他在黑暗中紧紧抓住自己只是想得到一丝慰藉，原来他曾经那么相信自己，以为自己不会推开他……

沈翼望着眼前光鲜美丽的徐子珊正要开口，却在看到她身边魏子期的瞬间噤了声。

“好久不见，沈翼。”魏子期的声音听不出情绪。

好久不见，需要历经多少人世浮沉才能轻松自如地问候你?

沈翼的心跳在那一声浅浅的问候中慢了半拍，一句简单的“好久不见”卡在喉咙半天却吐不出来。

三个人尴尬地相对无语。

“传说中的都教授终于出现了。”卢思思出来解围。

魏子期微笑不语，眼神却落在了沈翼束得高高的马尾上。高中时候的沈翼一直剪短发，这么多年过去，他终于看到她长发的样子，说不上哪里好看，但还是让魏子期失神了。

“不好意思，我有点儿事情，先失陪一下。”徐子珊看了一眼魏子期，松开手臂正要离开，却被他拉住了。电光石火间，徐子珊左手无名指上的铂金戒指灼伤了沈翼的眼睛。魏子期取下自己的围脖熟稔地套在了徐子珊脖子上，并嘱咐了一句“快去快回”。

沈翼心里的某种情感瞬间化为乌有。

13

“好久不见，魏子期。”沈翼粲然一笑。那一刻，她明白自己的青春已经落幕，年少时爱恋过的少年纵然鲜衣怒马，如今也不过是生命中的过客和记忆中的常客罢了。

“十年了，是挺久的。”

“嗯。”

“聚会马上开始了，先坐下来喝杯饮料吧。”魏子期抬手看了一下手表，衣袖上别着的银色袖扣却让沈翼微微惊讶，那是她高二的时候跑遍了整个步行街才找到的。廉价的袖扣和做工精良的西服搭在一起看起却有些刺眼。

魏子期看到沈翼愣神的样子张了几次嘴，最终却是什么也没说，只是端了一杯柳橙汁给她。

就像多年不见的老友，沈翼和魏子期有一搭没一搭地聊起这些年各自的变化。

那年高考后，沈翼去了美国的一所医科大学，魏子期报了北京的学校，毕业以后在青城大学教书。聊到感情生活，魏子期轻描淡写一带而过：“大概是习惯了这些年她一直陪伴在身边吧。”

沈翼的眼里闪过一丝落寞，不再接话。

尴尬的沉默使沈翼如坐针毡，看到旁边和别人聊得正高兴的卢思思，像是找到了救兵：“罗文应该快到了吧？我得去机场接他了，你代我问候一下大家吧。”

“知道了，重色轻友的家伙！快去找你的美国男朋友吧！”卢思思说“男朋友”三个字时故意抬高了音调。

“沈翼！”沈翼正要起身离开，魏子期叫住了她。

“嗯？”

“一定要幸福。”

“你也是。”沈翼笑笑说。

其实哪有什么美国男朋友，沈翼不过是怕被魏子期问到自己的感情才扯了个谎，徐子珊说的那张发在校内网上的照片其实只是一个恶作剧。

照片上的美国男孩是沈翼同学的弟弟，男孩确实喜欢沈翼，不过沈翼一直只当他是弟弟。男孩盗了沈翼的账号发了那张照片后很快就被沈翼发现并删除了，只是魏子期注销了账号再也没有登过校内网。

14

洗手间过道里，徐子珊叫住了已经补完妆准备离开的沈翼。

“沈翼学姐，对不起。”

“怎么呢？”

徐子珊脸上满是歉疚，内心挣扎了很久，还是决定向沈翼坦白一件事情。

高三那年，沈翼把魏子期的所有联系方式都拉黑了，魏子期在新学校给沈翼写了信，写上了一所大学的名字，希望和沈翼考同一所学校。但那封信却被徐子珊偷偷藏了起来。

徐子珊把信递过来的时候，沈翼摆了摆手：“过去的就让它过去吧。”

轻舟已过万重山，除了回忆，一切都是多余。

徐子珊望着沈翼离去的背影叹了一口气，她想起在魏子期家告别那天，魏子期让她告诉沈翼，他会在北京等她。徐子珊当然没有告诉沈翼这些，和魏子期在一起后徐子珊也偶有愧疚，但是在和沈翼的这场角逐中，其实不是自己太工于心计，而是沈翼太早退缩了。

昏暗的包厢里，卢思思端了一杯红酒走到魏子期面前："沈翼这人脑子缺根筋，你别介意。"

"她根本就没有什么美国男友吧？"魏子期的声音听不出情绪。

"连你都看出来了，"卢思思望着魏子期没有表情的脸顿了几秒，"还有这个也还给你，"卢思思说着从包里拿出一个小盒子，"以后别去打扰她的生活了。"

魏子期点了点头，仰头喝光了杯子里的红酒。

这是三年前沈翼回国过年时魏子期委托卢思思转交给沈翼的礼物，一个哆啦 A 梦形状的 U 盘，里面是魏子期运用高中数学知识制作的一段短片，短片的结尾是一道方程式，卢思思算出来的答案是 520。

那时候如果没有徐子珊的出现，这份礼物可能已经到了沈翼的手里。沈翼的数学不好，魏子期想了一晚上才想出这个特别的告白方式。

沈翼看过里面的短片，只是那时候魏子期已经和徐子珊在一起了，结局不可逆转。就在刚刚，沈翼离开之前把 U 盘悄悄塞到了卢思思手里。

冬天的冷风刺骨，沈翼的脑海里却不断浮现出魏子期刚刚的一言一行，人生没有回头路可走，唯一能做的只剩下祝福和了结了。这样想着的时候沈翼拿出手机翻到了魏子期的通讯录，这个号码存了快一年却一直没有拨出去过。沈翼盯着屏幕看了几十秒，最终用颤抖着的手指迅速点击了删除，生怕下一秒就会打给对方。

27 岁的沈翼终究还是错过了 18 岁的魏子期，自此天涯相隔两相忘。

我一路向北，
离开有你的季节

颜一在校门口碰到阿泽的时候睁大眼睛看了几十秒才回过神来，正想走上前打招呼的时候，阿泽已经抢先一步朝颜一招手。

“颜一，真的是你啊？”阿泽的声音有些激动。

“是啊，好久不见。”颜一仰起头看到阿泽的模样改变了不少，头发剪得很短，不是高中时候很拉风的亚麻色，而是纯正的黑色，T 恤被白衬衫取代，眉宇之间透着成熟。即使外表看起来更像一个社会好青年，颜一还是看到了那个熟悉的笑容，属于阿泽特有的笑容——嘴角向右勾出浅浅的弧度，直至露出一排白牙，看起来痞痞的，却很难让人讨厌。

23 岁的阿泽还是让颜一失神了。

“我脸上有脏东西吗？还是我又变帅了？”阿泽伸出右手在颜一面前晃了晃。

“四年不见，你还是自恋得不可一世哦。”

颜一说出这句话的时候心里泛起一阵酸涩，原来已经过去四年了。

1

颜一第一次见到阿泽是在 2010 年夏天，颜一刚中考完。

颜一爸妈的公司因为经营不善，不得不向法院申请破产，公司倒闭后，爸妈去了深圳，颜一留在了老家。

8 月末的时候妈妈把颜一送到了舅舅家。

舅舅开了一家快餐店，阿泽是舅舅招来的兼职工，每天中午和晚上都来店里送外卖。

离开学还有几天的时候，颜一到舅舅的店里帮忙，阿泽正要出去送外卖，舅舅叫住了阿泽："颜一，这是阿泽，和你同一所高中的，比你高一个年级。"

"学长好。"

"颜一你好，我叫姜泽，大家都叫我阿泽。虽然你比我小，不过我也不介意你叫我阿泽的。"

"好啊，阿泽。"颜一笑了笑，露出好看的酒窝。

16 岁的颜一遇见 17 岁的阿泽，从此两个没有任何联系的人有了交集。

那天阿泽穿了一件白衬衫，高高瘦瘦的，说话的时候有轻微的鼻音，笑起来露出一口白牙，给人一种邻家大男孩的感觉。唯一不搭调的是染了一头亚麻色的头发和穿了一条破了好多洞的牛仔裤，加上有点儿邪气的笑容，看起来有点儿像不良少年，但这并不影响颜一对阿泽的好感。

多年以后，颜一回想起和阿泽的第一次见面，依然按捺不住怦怦直跳的心。阿泽身上有光，让颜一念念不忘好多年。

2

开学以后，颜一通校，每天从学校坐车到舅舅家要花半个小时，她不会骑自行车，只能坐公交车上学和回家。

有一天下了晚自习后，阿泽在校门口叫住了颜一："我载你回去吧。"

颜一愣了一下，开学后因为要上晚自习，阿泽只有中午才有时间去舅舅店里送外卖。想到这个，颜一婉拒了阿泽的好意："我坐公交回去就好了。"

"可是末班车一般都会很挤，也不安全，还是我载你回去吧，反正顺路。”

当时已经是晚上九点多钟了，公交站台前挤满了学生。昏暗的路灯下，阿泽耐心地等待着，颜一看了一眼公交站台，呼了一口气：“那就麻烦你了。”说完跳上了阿泽的自行车。

等了半天，阿泽却没有要走的意思。

“怎么啦？”

“你不把手抓好我哪敢骑啊。”

颜一这才发现自己把手搭在膝盖上了，电视剧里女生都是把手环在男生腰上的，颜一觉得这样的姿势太暧昧，所以只用手拉住了阿泽的衣服。

阿泽回过头看了一眼小心翼翼的颜一，笑着调侃道：“这么容易就上钩，小心被人卖了。”

“可你是阿泽啊。”颜一几乎是脱口而出这句话。

“看来你很信任我嘛。”

颜一没有再接话，她怕被阿泽看穿自己的心思。阿泽说得没错，颜一真的很信任他，这种信任有时连她自己也觉得莫名其妙。上大学以后，颜一也遇到过几个对自己很好的男生，但就是不来电，因为在看到他们时她总会想起阿泽，阿泽的脸上写满了真诚和单纯，只属于阿泽的那份纯真，那些男生都没有。

回去的路上，阿泽一直戴着耳机单曲循环一首歌，一边听一边哼着，歌词很模糊，是一首颜一没听过的歌。到舅舅家的时候，阿泽摘下耳机：“在你学会骑自行车之前就由我来送你回家吧。”

阿泽又说他不止一次看到颜一挤公交的时候差点儿被车门夹到，看着都很危险。所以在颜一高一和高二的两年走读生涯中，每天晚上都是阿泽送她回家的。

3

颜一在学校的公告栏上看到阿泽的名字时吓了一跳。第一次月考，阿泽是整个高二年级的第三名，和第一名只相差 5 分。

上午做完课间操以后，颜一正要去找阿泽，却远远地看到阿泽和一个短发女生有说有笑地在聊天。

颜一心里莫名失落，剩下的两节课一直心不在焉。

中午和阿泽回家的时候，颜一一脸的闷闷不乐。

“月考考砸了吗？脸色这么难看。”阿泽一眼就看出了颜一的小情绪。

“我这等学渣哪能跟你们这些学霸比啊？”颜一噘着嘴说道。

“哪门课给你拖后腿了？哥免费给你辅导。”

“每门都是。”

“那完了，为师也无能为力了。”

刚出校门，颜一就看到了上午和阿泽聊天的女生，走近了看，她发现女生长得有点儿像《不能说的秘密》里的桂纶镁，清新脱俗的气质让颜一自愧不如。

那是颜一第一次见到陈婕，颜一自认为自己的第六感不会错，所以陈婕出现的时候，颜一产生了危机感。

“阿泽，这位是你女朋友吗？”

“哪能，她是我老板的外甥女。”阿泽笑着解释。

“哦，不好意思。”陈婕有些尴尬地看着阿泽和颜一。

颜一看着阿泽和陈婕继续说笑，身体里的血液直往脑门上蹿，火气一下子就上来了。

颜一“噌”地一下跳下自行车：“我身体有点儿不舒服，中午不回家吃饭了，你帮我跟舅舅说一声。”

阿泽还没反应过来的时候，颜一已经往学校里面走了。

“快去追啊，还愣着干吗？”陈婕催促道。

阿泽这才往颜一的方向追去，拉住了她：“你怎么了？”

“没怎么，就是身体不舒服。”颜一挣脱了阿泽。

“你身体不舒服干吗冲我发火？”

“没有发火，就是不想当你们的电灯泡。”

阿泽愣了片刻：“所以你是在吃醋吗？”

“怎么可能？”

“可是你的表现和吃醋没什么两样啊。”

“不要太自恋，我是不会喜欢你的。”颜一有些气急败坏。

“那刚刚为什么像个小孩子一样闹脾气？”

“我才没有。”

“真的吗？”

“当然，我，颜一，是不可能喜欢你的。”

“哦，那我们只能是朋友了。”

“嗯。”颜一有些心虚，不敢去看阿泽的脸。如果她当时看一眼阿泽就会发现他的眼角藏着失落。

4

颜一回到教室以后翻开日记本，在空白页上写下“重色轻友的家伙”几个字后便趴在桌子上听歌了。

午休的时候，同桌叫醒了颜一说外面有人找，她摘下耳机看了一眼窗外，是阿泽。

“喏，给你带的午饭。”

“算你还有点儿良心。”

“那当然。”

颜一刚刚在教室的时候肚子就咕咕叫了，这会儿闻着饭菜的香味早把阿泽重色轻友的事情给忘了。她接过便当正要回教室却被他拉住了：“我带你去个地方吃饭。”

颜一跟着阿泽爬了五层楼终于到了他说的地方，那是教学楼顶层的天台。门被锁了，但是阿泽不知道从哪里弄来一把钥匙，铁门被打开，映入眼帘的是一堆喝完了的啤酒罐和可乐瓶。

阿泽从背包里翻出几张旧报纸铺在地上示意颜一坐下来。

“你经常来这里？”颜一有些惊讶。

“嗯，心情不好的时候就来这里喝酒。”

“现在心情也不好吗？”

“没有。”

“那就好。”颜一松了口气打开便当盒。

两个人都沉默着没有说话，过了一会儿，阿泽掏出 MP3 来听歌，还是那首熟悉的旋律。颜一侧过头看到阿泽闭上眼睛在哼唱，忘我的模样让她有片刻的失神，不可否认，阿泽真的长了一张很好看的脸。

“你听的是什么歌啊？”

“周杰伦的《一路向北》。”阿泽的声音软软的。

“这首歌有什么特别的意义吗？”

“嗯，和我爸爸有关。”阿泽睁开眼睛说道。

2005 年 11 月，周杰伦发行了《十一月的萧邦》这张专辑，《一路向北》就收录在那张专辑里。而那一年，阿泽的父母离婚了。

阿泽的爸爸是音乐学院的高材生，毕业后放弃了留校任教的机会，一个人去了丽江，在酒吧驻唱，阿泽的爸妈就是在丽江认识的，两个人一见钟情私定终身。阿泽出生以后，爸爸妈妈带着他回到了家乡，爸爸开了个小酒吧，一开始勉强收支平衡，但到 20 世纪 90 年代末，酒吧生意不景气被迫关门了。

新世纪到来的时候，阿泽的爸爸突然离开家乡一个人又去了丽江，妈妈多次劝说都没有结果后提出了离婚。2005 年 6 月，阿泽的爸爸同意了离婚，那一年，阿泽 12 岁，被判给了爸爸。

“我家里一直保存着那张专辑，我爸最喜欢里面的《一路向北》，还把歌词抄在了笔记本里。”

“后来呢？”

“2006 年 1 月 1 日，我爸……卧轨了。”

“咳——”颜一突然被饭菜呛到了。

阿泽连忙把纯净水拧开递给颜一，轻轻拍了拍她的后背。

颜一过了好一会儿才缓过劲来：“阿泽，都过去了。”

“对，都过去了，你看我现在不是生活得好好的吗？”

11 月的天气有点儿冷，那天中午的天台很安静，属于阿泽和颜一的秘密只有天边的风和云知道。

多年以后，周杰伦在颜一的城市举办歌友会，她费了不少劲才从一个学姐那里弄到一张票。听到《一路向北》的时候，她在台下哭得不能自已。

5

颜一在操场遇到陈婕的时候本想装作不认识，陈婕却先开口了："我们可以聊聊吗？"

陈婕那天穿的是运动装，即使是毫无美感的运动裤套在她身上也穿出了牛仔裤的修身效果，女孩眼含笑意地望着颜一说道："我们之间可能有什么误会，我希望可以趁这个机会把误会消除。"

"呃……"

夕阳西下，颜一和陈婕盘腿坐在草地上，陈婕缓缓说起她和阿泽的故事。

14岁的时候，陈婕在姑姑家第一次见到阿泽，她跟着姑姑生活，一家六七口人住在几十平方米的老房子里。

夏天的一个晚上，阿泽的奶奶提着一篮子鸡蛋到姑姑家，想让陈婕帮阿泽辅导新课。

13岁的阿泽倔强地站在门口看星星，陈婕只看到他稍显落寞的背影。

“我和阿泽认识四年了，他是一个特别懂事和孝顺的男孩，同时也背负了太多不属于他这个年纪的包袱，表面上没心没肺很坚强，其实内心一直很孤独。”

“哦。”颜一不知道应该说些什么。

陈婕望着颜一顿了几秒继续说道：“我爸好赌，败光了全部家底，我妈在我7岁的时候和我爸离婚没多久就跟别人去了国外。大概是因为同病相怜，所以当我遇到阿泽，知道他的情况比我还糟糕以后，我跟他的关系突然拉近了，不是亲人胜似亲人。我这么说你能理解吗？”

颜一迟疑地点了点头，心里却是五味杂陈，想起那天自己的冲动行为不免有些懊恼和羞愧，和陈婕道了歉心里才好受一点儿。

那是颜一最后一次见到陈婕，半个月后，阿泽说陈婕被她妈妈接到了新西兰。陈婕没有参加高考，直接在新西兰留学了。

颜一有些怅然若失，她还记得那天临别的时候，陈婕对她说阿泽是个孤独的人，她希望颜一能一直陪在阿泽身边，无论是出于友情还是爱情。

6

颜一还没来得及问阿泽这些年怎么不联系她，阿泽已经从后备厢里提出一包东西向一个女生走去，只见他对那个女生说了些什么就把袋子给了她，然后向颜一走过来。

“是做兼职的，我店里过两天搞活动，我让她在你们学校发传单宣传一下。”

“你工作啦？”颜一惊讶不已。

“已经三年了。”

阿泽看到颜一难以置信的表情，笑笑说：“先带你去我店里参观一下，路上慢慢跟你说。”

上车以后，颜一看到驾驶室里摆放着一排不同颜色的哆啦 A 梦小公仔，顺手拿了一个把玩：“你消失得够久的，我还以为再也见不到你了。”

这么多年，颜一耿耿于怀的莫过于阿泽的不辞而别了。

7

颜一高二的时候，阿泽突然失踪了。

那时候阿泽高三，离高考还有两个月，他连续三天没有来学校。

颜一焦急地回到家从舅舅那里找来阿泽家的地址。说来也不可思议，和阿泽认识快两年，她却一直没有去过他家里，每次颜一说想去看望他奶奶的时候都会被阿泽以各种理由推脱。

颜一到阿泽家里的时候终于明白他为什么不肯让她去家里了，低矮密集的棚户区和不远处正在施工的新开楼盘形成强烈的视觉冲击，破旧的马路坑坑洼洼。好不容易找到阿泽家，门窗却紧闭着，大门被反锁了，颜一敲了很久都没人开门，直到对门的邻居出来搭话，她才知道阿泽的奶奶突发脑溢血去世，前两天刚被阿泽的姑姑草草下葬了。

“那阿泽呢？”

“这孩子昨天中午回来就把自己反锁在家里了，谁也不肯见。”邻居叹了一口气，“阿泽是个孝顺的孩子，你别看他打扮得像个小混混，其实那是因为他奶奶生前有痴呆症，总把阿泽当成自己去世的儿子，后来阿泽就模仿起他爸爸了……”

颜一忘记对方还说了什么，只觉得脑袋嗡嗡作响。她站在阿泽家门口，说了很多劝导的话，她知道他一定能听见。

过了许久，颜一听到了屋子里传来低低的啜泣声。她一遍又一遍叫着阿泽的名字，直到口干舌燥声音沙哑，阿泽才打开门。昏暗的灯光下，阿泽头发凌乱，眼神疲惫。

“你还好吗？”颜一吓了一跳，她从来没见过这个样子的阿泽。

“我没事。”阿泽给颜一倒了一杯温开水，沉默地坐在沙发上耷拉着脑袋。

颜一趁着喝水的空当打量了一眼狭小的房间，客厅摆放着一张掉了漆的茶几，沙发的真皮也磨破了，电视柜上是一台笨重的老式电视机，阿泽的奖状贴满了客厅的一面墙，上面沾了不少灰尘。

颜一的眼眶突然湿润了，原来阿泽就是在这样的环境下生活了这么多年。他到底承受了多少压力，又经历了多少困难？颜一不敢想象。

墙上的时针指向七点的时候，颜一听到阿泽的肚子在叫，想起邻居说的话，她猜他应该是两天没有吃东西了。

“我去给你做饭。”颜一转身进了厨房。

她打开冰箱，只看到一根快要脱水的胡萝卜和两个鸡蛋，还有几罐啤酒，翻完所有厨柜以后，终于找到一捆还没有拆封的挂面。

那是颜一为数不多的下厨经历，切胡萝卜的时候小心翼翼，下面条的时候差点儿被沸水烫到手。

阿泽来冰箱拿啤酒的时候，正好看到颜一用筷子从沸腾的锅里蘸面汤尝味道，他走到颜一身边轻声说："只要是你做的，我一定会吃。"

颜一脸上一片绯红，却装作若无其事的样子继续忙活。

几分钟过后，颜一从厨房里端出两碗香喷喷的鸡蛋面。

"这是除了奶奶以外，我吃过的最好吃的面。"阿泽竖起大拇指说道。

"阿泽，一切都会好起来的。"

"嗯。"

8

从阿泽家里出来的时候已经是晚上八点多了。

颜一始终记得那天晚上的情景。

昏黄的路灯下，阿泽载着颜一摇摇晃晃走出幽暗的棚户区，没有像往常一样戴着耳机听歌，那天晚上他跟颜一说了很多话。

阿泽说："颜一，你的物理成绩有待提高，平时要多做练习巩固知识。”

颜一说好。

阿泽说：“颜一，周杰伦的歌很好听，你有时间可以听一下。”

颜一说好。

阿泽说：“颜一，下次煮面条的时候记得放点儿麻油，味道会更好。”

颜一说好。

阿泽说：“颜一，我们是朋友吧？”

颜一愣了一下：“当然。”

阿泽没有再说话，加快了骑车的速度。

也是那天晚上，颜一第一次知道阿泽以前说的“顺路”其实是要穿过两条大街一个小区，骑车足足需要二十分钟。而阿泽曾经载着她走了将近两年的夜路。

到家的时候，颜一像以前一样对阿泽说“明天见”，阿泽也像以前一样潇洒地挥挥手消失在路的尽头。

然而颜一不知道的是，那是阿泽最后一次送自己回家。

第二天颜一在学校并没有见到阿泽，打他家里的电话也无法接通。

她想到阿泽前一天晚上的反常行为，翘掉晚自习去了阿泽家里，但是到了门口映入眼帘的是一把生了锈的铁锁。

颜一后来听人说阿泽被他妈妈接到了北京，也有人说他去了酒吧做了驻唱歌手，但是没有人再见过他，包括颜一。

9

“其实都没有。”阿泽否认了那些传言。

“那这些年你是怎么过的？”颜一放下公仔，认真地看着阿泽问道。

“兜里揣着两千块钱去了北京。”

阿泽看了看颜一，笑着说起当年的疯狂决定。因为不想成为任何人的负担，所以他决定做一回命运的主人。

那天送颜一回去以后，阿泽回到家简单收拾了行李就直奔火车站，没有硬座，阿泽只买到一张站票就连夜奔赴北京了。经过 20 多个小时的车程，到达北京的时候已经是第二天晚上了，找不到便宜的宾馆，他就在火车站边上的麦当劳坐了一晚上。

来北京第三天，阿泽找到了一份餐厅服务员的工作。

初到北京，阿泽对工资没有什么概念，唯一的要求就是包吃包住，半年后他辞职了，然后报了一个西点培训班，之后在一家西点餐厅工作，再后来和朋友在南锣鼓巷合开了一家甜品店。

阿泽说起这些的时候脸上始终保持着淡淡的笑容。

“这些年为什么都不和我联系呢？”车子在红灯前停下，颜一闷声道。

“其实，前年冬天我在王府井看到过你。”

2014 年冬天，阿泽还在王府井一家西点店打工。平安夜晚上，阿泽烘焙糕点的时候听到同事说餐厅里客人在表白，男生抱着一大束玫瑰在朋友的欢呼声中跟一脸迷糊的女生表白，整个餐厅的客人都在说在一起。

阿泽被同事拉去看热闹，只是一眼，便认出了被全场目光聚焦的女生是颜一。披着粉红色大衣，脖子上缠绕着一圈米白色围巾，亚麻色头发垂落在肩膀两边，摘掉眼镜之后的颜一眼眸更显明亮和清澈。

阿泽呆呆地看着颜一，两年不见，颜一的变化真大。

颜一在众人的期待中收下那束大红色的玫瑰后，阿泽悄悄回到了烘焙房。

颜一刚想解释出了餐厅没多久她就把玫瑰还给了男生，阿泽的手机铃却不合时宜地响了。

“刚刚在路上碰到个朋友，马上就回来。”

阿泽的声音异常温柔，颜一心底忽然生出某种预感，阿泽可能不是原来的阿泽了。

这种预感在下车以后得到了证实，阿泽的店里坐了不少客人，一个绑着马尾的高个子女生看到阿泽立马笑着迎上前。颜一看到女生围裙上的哆啦 A 梦图案时心狠狠地疼了一下，和她刚刚在车上把玩的公仔是同一个款式的。

其实从一上车就闻到的女士香水味，还有后座的哆啦 A 梦抱枕，就应该猜到这是一台有女主人的车，她只是心存侥幸罢了。

“颜一，介绍一下，这是阿倩，我女朋友。”阿泽的声音骤然响起，两人的关系得到了证实。

缘起缘灭，阿泽的坦诚让颜一有些措手不及，同时心里又有个声音在说：“认了吧，他不爱你。”

阿倩热情地招呼颜一进店里，这让她很是愧疚。好像和阿泽有关联的女生都特别知书达理，陈婕是，阿倩也是，颜一反而觉得自己才是那个心怀鬼胎的坏女孩。

阿泽端了一份亲手做的提拉米苏上来：“喏，给你尝尝我做的甜点。”

颜一尝了一口，竖起大拇指笑着说：“这是我吃过的最好吃的提拉米苏。”

“那是！”

阿泽脸上的神采飞扬差点儿让颜一误以为一切都还是最开始的样子，她还是她，阿泽也还是原来的阿泽，没有别人。只是她也知道他们再也回不去了……

在车窗外面徘徊 是我错失的机会

你站的方位 跟我中间隔着泪

街景一直在后退 你的崩溃在窗外零碎

我一路向北 离开有你的季节

……

店里突然传来熟悉的音乐，颜一第一次发现《一路向北》的歌词原来那么悲伤。

我一路向北，来到有你的城市，却发现再也没有了爱你的资格。

颜一看着窗外人来人往，后知后觉她和阿泽也不过是路人甲和路人乙的关系。他陪她走过一段路，到头来终究还是要分别，她错过的那些年、那些爱，早已有人替她完成，除了祝福，她再也想不到其他。

如果最后不是你，晚一点儿又有什么关系

1

2015 年 12 月 25 日，圣诞节晚上，江淳在薛苓公寓楼下徘徊了半天，他看着三楼房间里明亮的灯光良久，最终还是按下了那串烂熟于心的号码。

“我现在在你家楼下，可以上来见你吗？”

没有任何铺垫就直奔主题，说话做事都不喜欢拖泥带水的江淳，在感情上还是没有改掉这个习惯。

“我说大晚上的，你在开玩笑吧？”薛苓的声音带着几分疑惑和调侃，脚步却还是下意识地挪到了阳台上，看到江淳的那一刻有些不可置信。

“五分钟后再上来可以吗？”

“OK。”

作为一个单身女作家，薛芩的住处乱得不是一般的糟。挂了电话，她慌忙地把沙发上乱放的杂志、衣服一股脑儿扔进了一个闲置的柜子里，然后又冲到洗手间快速补了个妆。

薛芩把时间卡得很准，刚从洗手间出来门铃就响了。

打开门，江淳捧给薛芩一束红玫瑰："Merry Christmas！"

"你这是在干吗？"薛芩有些讶异。

"以前在一起的时候老被你嫌弃没有送花给你，现在就当是补偿吧。"江淳看着薛芩站在门后半天没动静有些尴尬，"不打算请我进去坐一下吗？"

薛芩这才反应过来，连忙找了双拖鞋给江淳："有点儿乱就是，希望你不要介意。"

"看起来比以前好很多了。"

江淳环视了一眼客厅，有些百感交集，上次来这里还是两年前帮薛芩搬家。那时候他们已经毕业了，薛芩因为工作搬到了这里，而江淳在邻省的一个城市上班，那时候他们还没有分手，在谈一场不咸不淡的异地恋。

"还是没有戒掉这些小零食啊。"江淳扫了一眼茶几上拆了包的膨化食品笑着说道。

"呃……冰箱里有水果，我去洗一下。"

"等等，"江淳叫住了薛芩，"我来见你只是想告诉你分开的这两年，我一直都忘不了和你的那段感情。"

时间仿佛静止了片刻，薛芩的心跳慢了半拍，缓缓转过身正好对上江淳期盼的眼神。

“然后呢？”

“能不能给我一个机会？我们复合吧，我想和你重新谈一场恋爱。”

“为什么想跟我复合呢？又不是找不到比我更好的人。”薛芩压低了声音说道。

“我刚刚已经说过了，我一直都没忘记，也没放下。”

“那……我考虑一下。”

薛芩忘了江淳后来说了些什么，只记得临别时，江淳说：“我会一直等你，直到你给我答复。”

江淳离开后，薛芩看了一眼桌上的玫瑰，1、2、3……10、11，一共11朵，一生一世的寓意。薛芩心里涌起一股莫名的感动，无关那束玫瑰，只是想到江淳那张温和的脸，嘴角就不自觉上扬。

2

薛芩和江淳相识纯属是一场意外。

大二的时候，薛芩在阶梯教室捡到一本《国际金融学》，应该是上节课在这个教室上课的学生落下的。翻开第一页，“江淳”两个字映入眼帘，见字如见人，她看着课本上洋洋洒洒的笔记，对这本书的主人充满了好奇。

费尽周折找到叫江淳的男生以后，薛芩有些小小的失望，不是想象中的阳光大男孩，而是一个有些腼腆的男生。

江淳接过书连声道谢，薛芩笑着说："本来打算送到校广播站的，但是那边每天都有好多失物招领的通知，怕你急着用书，所以就亲自送过来了。"

江淳听了之后执意要请薛芩吃饭，薛芩拗不过，只好跟着他去了学校附近的一家川菜馆。

吃完饭，江淳问能不能留个联系方式，就当交个朋友。薛芩有些惊讶，不过拿人手短，吃人嘴软，也不好拒绝，便留了自己的QQ。

晚上回到宿舍以后说起这件事，室友戏谑薛芩是撞到桃花运了，薛芩不置可否也没当回事。在她看来，这不过是一件普通的好人好事，没必要记在心上。

3

再见到江淳是在图书馆，他在找一本科普类的书籍，而薛芩在找张爱玲的一本小说。江淳先看到的薛芩，他走过来轻轻拍了一下她的肩膀，薛芩被吓了一跳，江淳靠近她竖起食指做了一个噤声的动作。

不知道为什么，江淳的那个动作让薛芩有片刻的恍惚。外借室里很安静，她几乎能听见江淳的呼吸声。

出了图书馆，江淳说他和室友约好了下午去郊外采风，问薛芩有没有意向一起去。薛芩想了想正好自己也可以借这个机会出去找找写作灵感，便答应了。

除了江淳和室友阿亮，那天一起去的还有阿亮的女朋友明美。四个人租了两辆自行车，阿亮载着女朋友，薛芩无疑要和江淳一辆车了。出发的时候，阿亮吹了一声口哨对江淳说："我们先走了，护花使者的任务就交给你了。"

"知道了。"江淳说完又回过头看了一眼薛芩，"他这人平时说话就不着调，你别介意。"

薛芩摇摇头说没事。不解释还好，一解释，薛芩反倒有些脸红了。

20 岁的年纪，一个敏感的字眼，一句状似无意的玩笑都需要斟酌几分才能不让人联想到其他。

深秋的郊外风景美不胜收，江淳和阿亮都在忙着拍照片，明美则支开画架准备画画。薛芩顿时感到有些尴尬，她不会画画，也没带相机，只好在边上看明美画和帮她调颜料。

阿亮拍了拍江淳又看了一眼薛芩的方向，江淳这才反应过来薛芩落单了。于是走到她面前问："我可以请你拍几张照片吗？"

"帮你拍还是？"

“给你拍。”江淳笑起来的时候眉眼弯弯的。

薛芩后来每次回想起那天下午的事情都会少女心爆棚。

薛芩按照江淳的指示站在不同的地方摆出不同的造型，江淳的要求虽然有点儿高，不过不可否认的是他的拍照技术也很高，经过他拍的每一张照片都让她怀疑是 PS 过的。后来毕业的时候江淳忙着投简历，薛芩还调侃说干脆开个影楼好了，生意肯定很火爆。

薛芩对江淳的感情开始发生变化大概就是从那个时候开始的吧。后来很多书迷在微博上跟薛芩吐槽自家的男朋友不会拍照，每次都把自己拍得巨丑时，薛芩都会抿着嘴回复，所以说有一个会拍照的男朋友很重要。

4

那天以后，薛芩和江淳在一起了。

江淳的表白方式有点儿让人哭笑不得，他给薛芩打电话说他约了阿亮和明美在那家川菜馆吃饭，如果她愿意给他一个机会就出来一起吃个饭，如果不愿意那就白请他们两个人吃饭了。

薛芩本想说反正是你请客，和我有什么关系，不过最后还是赴约了。

阿亮开了一瓶白酒："恭喜哥们儿脱单，这瓶酒必须干了。"

"必须的。"江淳端起酒杯一饮而尽。

明美也在旁边附和："我就猜到了你俩是互相有好感，现在窗户纸总算捅破了。"

薛芩微微有些脸红，试图辩解："我只是觉得这家店的菜挺好吃的，不吃白不吃嘛。"

"我也觉得挺合胃口的。"一旁的江淳也一改初见时的腼腆，看到女朋友遭调侃迅速出来帮腔。

后来薛芩问江淳第一次见面的时候为什么看起来那么腼腆害羞，江淳笑嘻嘻地说："那是因为看到你的第一眼就很喜欢你，又怕太明显和唐突把你吓着，所以才难为情的。"

"原来如此……"薛芩有种被欺骗的感觉，不过那时她已经和江淳陷入热恋了。

5

薛芩和江淳堪称整个金融系的模范情侣，两个人站在一起简直是天生一对，男才女貌。不对，应该是女才男貌，薛芩还没毕业的时候就已经是圈内小有名气的作者了。

当所有人都以为薛芩会和江淳一直走下去的时候，他们却分手了。他们打破了毕业就分手的魔咒，却没能熬过异地恋。

毕业以后，薛芩在当地一家杂志社做编辑，江淳却在老师的推荐下去了外地的一家证券公司上班。

分手是江淳提出来的，薛芩依然记得分手时的情景。

薛芩给江淳打电话说，旅游一趟回来后，卧室的灯不亮了，厨房的天然气不够了，浴室的花洒也坏了，就连放在阳台的一盆多肉也死了。

“为什么会这样？”她记得当时的情绪几近崩溃，反复质问江淳为什么不在自己身边。

江淳沉默了几分钟：“抱歉不能陪在你身边，让你独自面对这些困难。”

“我不想听这些。”

“那……分手吧，希望有个人随时随地都能陪在你身边。我太不合格了……”江淳的声音很轻，这些话却还是收入了薛芩的耳朵。

“好。”薛芩决绝地说道。

分开以后，薛芩辞去了杂志社的工作，在家闷了半个月。那半个月，薛芩每天都浑浑噩噩的，不出门、不上网，手机也调成了飞行模式，直到有一天明美来敲门……

薛芩不知道，江淳因为打不通她的电话，一直很着急。黔驴技穷，最后不得不向明美和阿亮求助。

6

失恋就像一场小感冒，薛芩没有打针吃药，依靠自身的抵抗力最后还是不药而愈了。

重拾生活后，薛芩在家做起了自由撰稿人，把之前答应编辑的约稿写完后，开始潜心创作。

半年后，薛芩的首部长篇小说上市，靠之前几年积累的人气，薛芩的书卖得很好。出版公司还安排了十个城市的签售会，看到江淳所在的城市名时，心里泛起一阵苦涩，不过很快就消失了。他们早已经不再联系，就连对方发朋友圈都不会点赞，更不要说叙旧了。

薛芩去江淳所在的城市签售时，没有给对方任何信息。江淳却还是去了签售会，看到排成一条长龙的队伍，他由衷地替她感到开心。

薛芩不知道的是，江淳站在新华书店门口，盯着那张宣传海报看了很久，而后又到一公里外的商场买了一个暖手袋回来，委托一个正在排队的女生以她的名义送给了薛芩。他还记得以前在一起的时候她就很怕冷，冬天基本上能不出门就不出门。

那天的气温很低，薛芩为了配合宣传穿得有点儿薄，江淳看到她签名的时候时不时搓手，很是心疼。

7

明美打来电话的时候薛芩还在回想和江淳以前的事情。

明美说 12 月 31 日她和阿亮要结婚了，希望薛芩能参加他们的婚礼。

“竟然现在才告诉我，太不够意思啦。”

“江淳没告诉你吗？我和阿亮上周领完证就请他喝酒了。”

“他回来很久了吗？”

明美接下来的话却让薛芩震惊不已。她说他已经辞掉了之前的工作，并且在现在的城市安定下来了。

“他受到什么刺激了吗？”薛芩有些不理解。

“可能是因为我和阿亮要结婚了吧。”明美停顿了一会儿，“那天晚上他和阿亮都喝醉了，我亲耳听到江淳说他很怕你以后会和别人结婚。”

“……”

“江淳其实挺痴情的，当初分手也是没办法的事……”

通话结束后，薛芩整个人瘫软在沙发上。这些年，原来一直都是自己误会了江淳。

明美说，江淳当初提出分手想的是长痛不如短痛，既然无法陪在薛芩身边，不如让别人替自己照顾她。可说完分手就后悔了，只可惜她当时已经离他而去。

明美还说薛芩消失的那半个月，江淳急得不行，那会儿他的公司管得特别严，对试用期的新员工更是苛刻。他想过辞职，但是一想到年过半百的老师对自己的厚望又不敢轻易放弃，他对她也因此一直都心怀愧疚。

……

8

第二天，薛芩醒来后的第一件事就是给江淳打电话。她想了一晚上总算想明白了：她不想再错过他了。

电话接通后，江淳的鼻音有点儿重。

“感冒了吗？”

“好像是。”

“你现在在哪里？我给你买点儿药带过去。”薛芩的语气透着关切。

江淳报了地址。

“你等我一下，我马上过来。”薛芩边说边从床上爬了起来。

“我开车过来接你吧！”

“不用，你好好在家待着，还有多喝点儿热水。”

她的叮嘱让他内心深处不由得一阵欢喜和感动。

四十分钟后，薛芩到了江淳的公寓。

江淳拖着疲软的脚步来开门，薛芩皱了皱眉头：“昨天还好好的，怎么一转眼就感冒了？”

江淳吞吞吐吐说离开薛芩家以后又出去了。

“去哪里了？”薛芩倒了一杯开水，又把药拿给了他。

“我去郊外了。”

薛芩愣了一下：“你是不是傻？大冬天的没事跑去吹冷风。”

江淳一脸无辜地望着薛芩：“我只是想找回一些当年的记忆。”

薛芩本来还想斥责一下江淳，但是看到他清澈的眼眸时却又什么话也说不出口。她想起了在图书馆的时候，他也是用这样的眼神示意她安静不要说话。

薛芩定定地看着江淳：“你都不怕我和别人在一起就来找我复合？”

“怕，可如果是真的，那我准备挖墙脚把你抢回来。”

薛芩咯咯笑了：“那你呢？听说你一直也没找新的对象，不怕变老没人喜欢啊？”

“如果最后不是你，晚一点儿又有什么关系？”

薛芩愣住了，反刍了几遍才领会到这句话的含意，理解过来的时候江淳走到书架前正要拿什么东西。薛芩走过去轻轻地抱住了他，他伸出去的手僵硬了几秒：“我给你看个东西。”

江淳从书架上抽出一本书："这是我从网上买的签名书，卖家说是你的亲笔签名，你帮我看一下是不是真的。"

薛芩看到是自己的书，饶有兴味地翻开来看了一下，随即哈哈大笑："这是盗版的，你个傻瓜，被人骗了还不知道。"

"不是吧？这么坑。"

"你想要我的签名就跟我直说嘛，咱俩的交情难道还不值一个签名？"薛芩说完拿起笔在书上郑重其事地写了几个字。

"执子之手，与子偕老。"江淳念出了声，落款是薛芩和自己的名字。

江淳勾了勾唇角："阿亮和明美都领证了，我们什么时候也去领一个？"

"等你感冒好了再……"话还没说完，江淳突然抱住了薛芩，"那你不许反悔哦。"

"嗯，我保证，不反悔。"

全世界没有人能像你

1

《北京遇上西雅图之不二情书》上映那天，在我第13次打给陈若宇、想要和他探讨狗血剧情的时候，陈若宇在电话里说:“陆星辰，我们分手吧，求求你放过我。”

我愣了半分钟，等反应过来的时候陈若宇已经挂了电话。

“开玩笑吧？”我有些蒙，按了重拨，这一次却只听到千年不变的系统女声：对不起，你所拨打的用户已关机。

挂我电话还玩关机，这在以前是从来没有发生过的事情。

我蹲在马路上望着幽蓝的手机屏幕发呆，屏保照片是大四上学期我和陈若宇在岳麓山的缆车上拍的，照片上我和陈若宇两个人都一脸傻笑，被室友看到后还夸我们有夫妻相……

过了很久，一辆出租车在我面前停下，司机探出半个头问我去哪里，我没搭理他，起身向地铁站走去。

回到公寓，娟子看我失魂落魄的样子问我怎么了，我想也没想就说：“我好像被我男朋友甩了。”

“什么玩意儿？！”

我没理会娟子顶着白色面膜一惊一乍的表情，无精打采地进了卧室。

我趴在床上再一次拨打了陈若宇的电话，这一次却不是关机，是通话中，敢情是把我拉黑了。

我打开微信给他发消息：你抽什么风？

刚发出去就收到了回复：消息已发出，但被对方拒收了。

我点开他的朋友圈，却发现是一条横线，原来朋友圈也把我拉黑了。

我不死心，又打开QQ、微博、人人，但凡有他的软件我都登了，但是都被他拉黑了。

我望着屏幕上和陈若宇的合照，委屈和愤怒转变成催泪弹，蒙着被子呜呜哭了。

那天晚上我做了很多奇奇怪怪的梦，梦里，陈若宇在田径场上和我一起慢跑；晚上宿舍楼快关门的时候，为了给我送一碗馄饨，他和宿管说了很多好话；他第一次领工资后给我买了两支不同色号的口红，请假坐六个小时的高铁赶来陪我过生日……

这不是梦，全都是真的。那天晚上我半梦半醒，仿佛陈若宇就在我身边，睁开眼却只有大三那年他送我的哆啦A梦抱枕。

2

第二天我买了长沙到南京的车票，六个小时的高铁，到南京的时候是下午三点。

从南京南站出来，我直奔陈若宇住的地方。

见到他的时候，我气不打一处来，推了他一把：“你他妈有病啊，拉黑我经过我同意了吗？”

陈若宇背靠在墙上，一言不发地看着我，我看到陈若宇的眼睛布满血丝。

“你……”我本想问他还好吗，说出口却变成了“看什么看，我知道我长得好看”。

换作以前，陈若宇一定会笑我臭不要脸，但是这一次，他只淡淡地说：“走，我带你去吃饭。”

我愣了一下，所有想好的狠话也咽了回去。

认识一些男生，从大学同学到公司同事，唯独陈若宇总是关心我饿不饿，有没有吃饭。

爱与食物总能使人变得更温柔。

我说：“那我想吃皮肚面。”

“好，我带你去吃。”

一切仿佛回到从前，我每次去南京的必吃美食都是皮肚面。

面端上来以后，我不管不顾地开吃了。

“你慢点儿吃。”他看着我狼吞虎咽的样子皱眉道。

“你不吃吗？”我夹起一片肉皮给他，他却摇摇头，“我吃过午饭了。”

陈若宇刻意的疏远让我有些难过，以前我把吃剩的东西分给他，他从来不会拒绝。

我放下筷子，对上他疲惫的双眼：“告诉我，发生了什么？为什么突然要跟我分手？”

“我们出去说好吗？”

“为什么不能在这里说？”他闪躲的表情让我有些恼怒。

他无奈地看着我：“陆星辰，你总是这样任性自我，动不动就咄咄逼人，我已经受不了这样的你了。”

“你说什么？”

“你不是想知道我为什么要跟你分手吗，这就是理由。”

他说话的时候面无表情，我很想再说点儿什么反驳他，却发现什么也说不出来。

刚上大学的时候，我妈就经常告诫我，要收敛一下自己的脾气以免得罪同学，我没放在心上。遇见陈若宇之后，我的坏脾气因为他的宠溺变本加厉了，所以一切都是我自食其果。

“回去吧，以后不要再来找我了。”陈若宇说完向外走去。

我追出去拉住他：“我以后会慢慢收敛坏脾气的。”

“你哪次不是这样说的，结果呢？”

“可是我不想和你分手。”

我几乎用哀求的语气说出这句话，他嘴角微微牵动，眼底浮出一丝恻隐，但很快就消失了。

我们沉默地看着彼此，许久，他开口打破了沉默：“陆星辰，你是不是傻啊，我对你已经没感觉了，否则怎么会突然嫌弃你？”

“呵呵，原来是这样啊，早说嘛，害老娘白跑一趟。”我冷笑着松开手朝大街上拦了一辆的士。

那一刻，我只想离开南京，不想再见到陈若宇。

回长沙的高铁上，坐在我边上的是一家三口。女人年轻漂亮，怀里的婴儿在抓女人的手玩，坐在女人边上的男人在给孩子冲奶粉，我看着眼前的一幕突然想起了陈若宇。

我曾经也和陈若宇讨论过生孩子的问题，那时我们坐在学校的人工湖边上，我靠在他肩膀上给他看我堂姐发来的婴儿照片。我问他喜欢男孩还是女孩，他脸红半天才小声说喜欢女儿。

“难怪大家都说女儿是父亲前世的小情人，这话还真被你验证了。”我故意噘着嘴作不满状，他连忙改口说喜欢男孩儿。

“那我以后就生两个孩子，一个男孩，一个女孩，这样就不会有分歧了。”

“你一个女孩子说这些没羞没臊的干吗？”他的脸更红了，我却被他逗乐了。

那年陈若宇 21 岁，我 20 岁，我们是彼此的初恋。

3

我的初恋来得有点儿晚。

2012年秋天，我大三，和陈若宇相识是因为一场摄影大赛，我是二等奖，而陈若宇是一等奖。我反反复复看了好几遍陈若宇的参赛照片，实在搞不懂那么抽象的一张照片为什么能拿一等奖。

颁奖的时候，我偷瞄了两眼站我旁边的陈若宇，那天他穿了一件普通的白色T恤和淡蓝色牛仔裤，个头儿挺高。据我多年看韩剧的经验，他的身高应该不止一米八〇，虽然看起来不胖，但也不是像竹竿一样的变态瘦。我自以为神不知鬼不觉的偷窥却被陈若宇识破了，他看向我的时候，我本来打算回以微笑，但是看到他一脸的淡漠，我愣是朝他翻了个白眼，不为别的，姐当年虽然算不上校花，但是班花还是绰绰有余的。

颁奖结束后，主办方请获奖者聚餐。我对吃的信仰一直都是不吃白不吃，这么好的机会，我肯定不会错过。

好巧不巧的是我和陈若宇正好坐在同一桌。

席间，坐在陈若宇边上的一个女生主动搭讪他，还给他夹菜，其他人看到这个场面纷纷起哄，女生见陈若宇把自己夹的菜吃完了，一脸娇羞地又夹了一只螃蟹给他。这一次陈若宇却没有动筷子，脸色紧绷。女生不明所以，正准备再夹一只的时候，我实在看不下去了：“你不要再给他夹螃蟹了，他应该是对螃蟹过敏。”

话一出口，全场陷入了尴尬，女生看我的时候也一脸幽怨。

后来听人说，那个给陈若宇夹菜的女生是大二的一个学妹。她追了陈若宇一年多，被陈若宇拒绝了不下三次，终于在陈若宇和我在一起后死心了。

那天晚上吃完饭回去的时候，陈若宇第一次叫我的名字：“陆星辰，谢谢你替我解围。”

明亮的灯光下，陈若宇眼含笑意地望着我，我感觉眼前一阵恍惚，心跳莫名加速。

心动，是爱情的开始。尽管我自己都觉得荒唐，我竟然会喜欢上一个认识不到24小时的男生。

我和陈若宇坐同一班车回学校，他不爱说话，快到宿舍的时候，我借口说想跟他请教摄影技巧要到了他的联系方式。

和陈若宇聊天以后，我知道了他和我同一届，计算机专业，南京人，巨蟹座。我是天蝎座，传说中绝配的一对。

2012年圣诞节，我向陈若宇表白了。

在橘子洲江边，我和陈若宇一前一后走着，三思过后我问他：“你缺女朋友吗？”

他怔怔地望着我，看得我心里犯怵，然后他吐出一句：“我现在还不想交女朋友。”

“哦，那算我自作多情了。”

我羞愤不已，恨不得凿个地洞把自己埋起来，陈若宇却走到我面前说："但如果是你，我会很开心。"

"……"

我承认我当时有把陈若宇推到湘江的冲动。

4

和陈若宇在一起之后，时光好像突然变得短暂起来。我们在黄兴路步行街搜罗小吃，陈若宇说我是美食收割机和吃不胖的瘦子；我们去海底世界，我把鲸鱼误认成海豚被他笑了好几天；我们在岳麓山顶挑选纪念品，我找到带有陈若宇名字的平安符，他笑我迷信却还是把廉价的纪念品挂到了脖子上。

每一种经历都变得弥足珍贵，我常抱怨为什么我们没有早一点儿遇见彼此，陈若宇总是笑着说不晚不晚。

时间不知不觉走到 2014 年，我和陈若宇面临毕业。

陈若宇是在长沙实习的，我原本以为他会留在长沙工作，但当我问起他的时候，陈若宇却满脸歉疚地看着我说："星辰，对不起，我爸妈年纪大了，我爸身体也不太好，所以我答应了他们毕业就回南京上班……"

我抱紧了陈若宇说：“谁也不要说抱歉，我们都是身不由己，但是我相信我们以后总会在一起的。”

我和陈若宇都是独生子女，我爸妈说什么也不同意我去南京工作。后来我在家闹了两天绝食，我妈才松口，但是条件是陈若宇必须向我求婚。

我妈说：“异地恋最能考验感情，我不希望我的女儿在感情上受到伤害，一次也不行。”

我含着眼泪冲我妈大声叫嚷：“你怎么知道我现在跟他在一起不会幸福？”

那是我人生当中第一次和我妈对峙，但是最终我还是完败。

陈若宇回南京那天，我去车站送他，临别的时候，我抱着他哭个不停。他说给他两年时间，他一定在 26 岁之前向我求婚。

我说好，我等你来长沙把我带走。

之后我和陈若宇开始了相隔八百多公里的异地恋。

我在外企做翻译，陈若宇在互联网公司写代码。

我所有的坏脾气在这场异地恋中暴露无遗。

最激烈的一次争吵发生在去年国庆时，我去南京找陈若宇，本来打算去苏州玩，但是陈若宇前四天都在公司加班。我在他的公寓百无聊赖地看电影，晚上闺蜜在微信上给我发照片，闺蜜和她男朋友去了喀纳斯旅游，朋友圈记录了他们的足迹，我望着没有开灯的漆黑屋子，突然掉眼泪。

陈若宇下班回来以后，打开灯看到我抱着膝盖流泪的样子吓了一跳，他走到我身旁，抱住我问我怎么了，我推开他独自坐在沙发上。他第二次走过来抱我的时候，我吼了他一嗓子："别碰老娘，去和你的工作过日子吧。"

陈若宇一个劲儿地向我道歉，但是我当时已经愤怒到失去理智，我说要回长沙，他拦住我不让我走，我气急，在陈若宇的手臂上咬了一口匆匆离开了公寓。当天晚上订好了第二天一早回长沙的车票，陈若宇打了很多通电话，但是我不想接，索性关机了。

说不上来为什么会发那么大火，娟子总说我就是爱矫情作死，也许是这样没错，我总害怕我爱的人有一天突然不爱我了，我爸妈也好，陈若宇也好，我都很在乎他们，只是找不到合适的表达方式。娟子说这是缺爱导致的，其实不是，他们都很爱我，是我太贪婪，总奢望得到更多更好的爱。

第二天回长沙的高铁上，我刚打开手机便收到二十多条未读信息，都是来自陈若宇：

"宝贝儿，我错了。"

"宝贝儿，你接一下电话好吗？"

"陆星辰，你是不是嫌我命太长要折磨死我……"

最后一条信息，陈若宇说他在去长沙的高铁上，我连忙问他在哪趟车，后来的事情有些不可思议，我和他竟然在同一列车上，隔了五个车厢。他找到我的时候松了一口气，然后很机智地说服了坐我边上的一个男生和他交换了座位。

他告诉我，他们部门是集体加班，4 号的时候刚好完成任务了，本来想告诉我可以去玩了，却没想到我会发那么大脾气。

我自知理亏，没有再就这件事情讨论谁是谁非了。

回长沙的车上，陈若宇紧紧扣住我的手不想松开。

5

回想起那天陈若宇靠在我肩膀上酣然入睡的样子，我不禁泪流满面。擤鼻涕的时候，坐我边上的年轻妈妈向我投来关切的眼神并说道：“不管发生了什么，只要哭过以后都会好起来的。”

我微笑着点头致谢，为这来自陌生人的善意，在心里告诉自己：不就是失恋嘛，又不是世界末日，有什么好伤心的。

可是事情并没有我想的那么乐观，回到长沙以后，我整个人都变得恍惚。无论是上班还是在家，我都病恹恹的，为此被领导叫去谈了好几次话，娟子也说那个时候的我每天都失魂落魄的。

真的好像丢了魂一样，失恋第一周，我不止一次在地铁上坐过站，炒菜的时候把糖当成盐，去超市买牙膏却拿了牙刷……

有一天晚上，娟子把我叫出去吃夜宵，问我要不要来两盘口味虾的时候，我想也没想就说不要，娟子狐疑地看着我：“以前我每次打包小龙虾回家你都要和我抢，今天请你吃怎么还不要啦？”

我愣了一下，反应过来的时候连忙说要。

我没有告诉娟子，我只是想起陈若宇了，以前和他出去吃夜宵我从来不点虾和蟹，他对这些过敏。

最难过的事情莫过于分开以后我连吃饭喝水都能想到他。

娟子要了四瓶啤酒，问我喝不喝，我倒了一杯，干完第三瓶的时候，她说："你丫就是犯贱，当初他和你在一起的时候不好好收敛一下脾气，人家现在都拍拍屁股走人了，你却把自己整得像林黛玉，有意义吗？"

娟子是东北人，嘴巴毒，但是心肠好，我知道她说得都对，但还是压抑得不行。那天晚上，我和娟子两个人喝掉了八瓶啤酒。

回去的时候，我问娟子失过恋没有，她"扑哧"一声笑了："暗恋算不算恋爱？"

我愕然。

我从来没想过，长相酷似女神高圆圆的娟子竟然还没谈过恋爱。唯一的一次暗恋也在三年前随着男生的出国而告终。

我问娟子，这么多年不恋爱是不是在等那个人，娟子笑了笑："他出国第一年我就知道他和别人恋爱了，而且他出国读研也是为了那个女的。"

"那怎么……"

"太难找到那种怦然心动的感觉了，"娟子叹了口气，喝完一瓶啤酒继续说道，"后来也遇到过几个适合交往的对象，但是说来也真是奇怪，就跟男生'啪啪啪'的时候突然被吓了一大跳然后整成性功能障碍了一样。"

我说："去你的，有你这么污的比喻吗？"但是眼睛里却笑出了眼泪。

是啊，一见杨过误终身。陈若宇不是杨过，但还是太难放下了，从我 20 岁那年遇见他开始，他就让我彻底沦陷。

6

失恋第三周，有一天下班回到家，娟子拿给我一封挂号信："南京来的，十有八九是你前任寄来的。"

我踌躇半天拆开以后却发现寄信人不是陈若宇，而是陈若宇的妈妈。

陈妈妈在信中说，她在陈若宇的公寓里看到一张只填了地址的快递单被扔在废纸篓里，她虽然没见过我，但以前经常听陈若宇说起我，所以抱着试试看的想法给我寄了这封信……

看完整封信以后，我的心情一点儿一点儿变得沉重起来。

陈妈妈告诉我，陈若宇和我分手前一个星期，陈爸爸炒股惨遭亏损导致心脏病复发，大半辈子的积蓄和为陈若宇购置的房子都搭进去了，还险些被夺去生命。

我想起那个星期每次和陈若宇聊天他都心不在焉的样子。

原来在我自以为被甩的假象背后，陈若宇才是个彻头彻尾的傻瓜。

我决定去南京找他。

7

航班抵达禄口机场的时间是晚上十一点半，我拖着行李箱到陈若宇公寓的时候已经是零点。

他惊讶地看着我，我瞪了他一眼："看什么看，没见过美女啊？"

他不理会我的无理取闹，板着脸问我来干吗，但是眼底藏匿的一丝不易察觉的喜悦还是出卖了他。

"我来看看你过得怎么样。"

我打量了一眼客厅，屋子有点儿乱，沙发上散乱地摆放着乱七八糟的文件和书，茶几上放着两桶泡面和吃了一半的外卖，而陈若宇还穿着上班的衣服。

"如你所愿，我过得不太好，你现在可以回去了。"

"凭什么你让我回去就回去，老娘这次来南京还就不打算走了。"

"你说什么？"陈若宇的声音有些嘶哑。

我看着他的双眼，一板一眼地说道："听着，陈若宇，在一起是我主动提出来的，就算是分手也应该我来决定。你们家的事情我都知道了，我不相信你不爱我了，你他妈也不要给我乱扣拜金女的帽子，如果是这样，我会在毕业以后就和你分手，然后找个有钱的男人结婚……”

陈若宇呆呆地看着我，许久才缓过神来。

“我现在什么也没有，恐怕不能兑现 26 岁以前把你娶回家的诺言了。”陈若宇低垂着眼睛不敢看我。

“无所谓，我不恨嫁。”

“可是叔叔阿姨……”

“没有可是，我想和你在一起，也愿意和你一起渡过难关。”

去黄花机场的路上，我给我妈打电话，和她说起陈若宇家里发生的事情时，我妈破天荒地没有阻止我去南京。

她说：“以前不让你去南京是怕你吃亏，我不想我的女儿在感情上受到伤害，哪怕一次也不行。现在看来，他是个值得托付的人，我跟你爸就放心了。”

我第一次对我爸妈感到惭愧，我妈总是和我说不想我受伤。以前我觉得他们蛮不讲理，现在才明白是自己太自以为是了。

8

第二天我在陈若宇的电脑桌里找到了那张揉皱了的快递单，快递单底下是一沓厚厚的照片，翻开来每一张都和我有关，从 2012

年至今，他用镜头记录下了不同年纪的我。

他说本来想把这些照片寄给我，但是又舍不得，所以快递单填到一半就作废了。

我害怕衰老，以前看范冰冰饰演的白发魔女浑身起疙瘩。我问陈若宇，如果有一天我也白发苍苍了他还会不会爱我，陈若宇说不会，我骂他薄情寡义必自毙。他笑嘻嘻地解释不是爱，是更爱，等我人老珠黄了，他就再也不用担心我会被别人抢走了。

现在想来，好像就是从那个时候开始，陈若宇常常趁我不注意时抓拍我。

晚上娟子给我打电话，说她已经帮我代办了离职手续，临挂电话的时候，她说她家里有事也准备辞职回东北了。

我问她以后有什么打算，她用不着调的声音说："可能和条件不错的男人相亲，然后选个中意的结婚、生孩子，前半辈子就先这样过吧。"

我说我认识的娟子可不是这么容易就向现实妥协的人。

娟子哈哈大笑着说道："陆星辰，不是每个人都能像你一样，幸运又勇敢。我妈 20 岁生下我，一个人把我养大，受尽白眼，我不忍心让她一个人过一辈子。"

我没再说什么。

生命太沉重，每个人从出生开始就被缚上一道枷锁，逃掉的是幸运，禁锢的是人生。

我走进厨房，陈若宇正在切菜。我看着他熟练的刀功入了迷，吃吃地笑，他骂我二傻子，我走上前轻轻拥住了他。

他哪里知道，我曾不止一次梦见他让我遥不可及，所幸他就在身边、在眼前，我们触手可及。

我想爱情最美好的样子莫过于梦里见到的人，醒来就在身边。

后来我常想，如果陈妈妈没有给我寄那封信，我和陈若宇是不是真的从此相忘于江湖？

我没有把这个问题抛给任何人，答案其实早就在我心里：不会。

我会再去南京看他，哪怕偷偷摸摸也行，只要让我知道他的近况就好。

所有人都说天蝎座的人冷酷无情，却忘记了天蝎座也是最深情的星座。

全世界只有一个陈若宇，错过就是一生，而我不想遗憾终老。

我会等你到 30 岁，如果你还没结婚我想嫁给你

1

戴苏薇离开丽江那天正好下起了小雨，在偌大的候机室里，她塞着耳机闭目养神。

过了七八分钟的样子，耳机里突然传来曲逸凡的声音:“戴苏薇，生日快乐，希望你能早点儿结婚，然后生个宝宝。女孩子还是应该早点儿成家，身边有个人关怀总是好的嘛……”

戴苏薇听到这熟悉的声音突然有点儿想哭。

那是两年前，戴苏薇在自己的 26 岁生日 party 上悄悄录下来的。

直到飞机起飞，曲逸凡的声音依然回荡在她的脑海里，心里却只有一个声音：他不喜欢我。

2

说起来，戴苏薇和曲逸凡认识也有21年了。

两个人从小学开始就同校，直到高中毕业，曲逸凡去了加州上大学，中间有几年的时间疏于联络，后来曲逸凡回国，两个人又在同一座城市一起工作过。戴苏薇觉得这一切就像一个有点儿甜又有点儿苦的梦，她喜欢曲逸凡，奈何他身边永远都不缺爱慕他的人。

1995年，戴苏薇7岁，父母车祸丧生后，姑姑把她从杭州接到了南京。

来到姑姑家的第一天，戴苏薇就被小区里的一只流浪狗吓哭了。眼看着脏兮兮的小狗向自己靠近，戴苏薇动也不敢动的时候，一个小男生跑过来驱赶了流浪狗，她才停止了哭叫。

那是戴苏薇第一次见到曲逸凡，他们住在同一个小区同一个单元。

3

整个小学和中学，戴苏薇都是曲逸凡的小跟班。

戴苏薇不服："为什么我要听你的话？明明我比你先出生两个月。"

曲逸凡笑嘻嘻地说："可是我的分数比你高，成绩比你好啊。"

戴苏薇瞬间没有了底气。

曲逸凡说得没错，从小到大，戴苏薇无论怎么努力都还是追不上曲逸凡的脚步。

所以他数学考满分的时候，她差一点儿就不及格；他进奥赛班的时候，她在普通班；他去美国的时候，她留在南京。即使工作以后也是如此，她努力加班加点，通宵达旦，他还是成了她的上司。

每次想到这些，戴苏薇都会在心里苦笑："可能这就是命中注定吧。"

她是暗淡的星辰，他却是明亮的月光，无论她怎么努力闪光，却还是输给了他。

戴苏薇发现自己喜欢曲逸凡是初三时候的事情。

戴苏薇生理期，下午上完最后一节课后，她收拾好课本正要背起书包走人的时候，坐在她后面的曲逸凡突然伸出双手按住了她的肩膀。

戴苏薇不解，曲逸凡脸颊微红，不太流利地说了一句“我等下给你讲几道数学题”，她信以为真。

等到其他同学都离开教室以后，曲逸凡不动声色地脱下自己的校服外套拿给她，支支吾吾地说：“那个……你裤子弄脏了。”

敏感的女孩立刻听懂了他的话，涨红着脸接过了校服，等曲逸凡走到教室门口背对自己的时候，才把衣服裹在腰间打了个结。

那天下午回家的路上，两个人都一路无言。

快到小区门口的时候，戴苏薇才开口：“谢谢你，衣服我会尽快还你的。”

曲逸凡笑着说没事。

那是微冷的深秋，曲逸凡只穿了一件单薄的 T 恤，戴苏薇有些内疚和感动，心里的暖意不断蔓延。

回到姑姑家，戴苏薇换好衣服后却发愁了，曲逸凡的校服比自己的大两个号，要是直接晾晒在阳台上一定会被发现的。想来想去，她决定拿去干洗店。

衣服洗好后，戴苏薇拿着曲逸凡的校服有些恍惚：“原来他穿这么大的衣服。”

戴苏薇终于意识到曲逸凡已经比自己高出一个头，不再是以前那个和自己一样高的小男生了。

4

后来上了高中，曲逸凡是全校公认的学霸，而戴苏薇依然平凡得扎进人群里就很难被认出来。要说有什么和其他女孩不一样的地方，可能就是发育得比较好。

可这在中学时代也算不上什么优点。

曲逸凡在高中唯一打过的一场架是因为戴苏薇。

那是高二下学期，戴苏薇班上有个男生在追她，她对那个男生没有一点儿好感。男生恼羞成怒，给她取了很多不堪入耳的绰号，比如大胸妹、小妖精，曲逸凡知道后找到了那个男生，两个人打了一架。

戴苏薇看到曲逸凡鼻青脸肿的样子骂他多管闲事。

曲逸凡听到“多管闲事”四个字后看着她冷言道：“那我以后不会再管你的闲事了。”

那时候他还不懂戴苏薇说这话其实是心疼他。

从那以后直到高三毕业，曲逸凡虽然还辅导戴苏薇功课，戴苏薇还是感觉到了他刻意保持的距离。

戴苏薇不止一次想过向曲逸凡坦白自己的心意，但理性还是压制了感性。等到她准备表白的时候，曲逸凡已经要去美国了。

有人说错过一时就是错过一世，戴苏薇以前觉得这句话很矫情，但是等到曲逸凡离开后才发觉自己的学习和生活竟然变得无色无味，有种度日如年的感觉。而曲逸凡曾是她灰色童年和青春期的调色板。

5

戴苏薇大学时候做过的最勇敢的一件事要数去美国了。

大二的时候，戴苏薇在曲逸凡生日前夕买了到美国的机票，本来想给他一个惊喜，等到了美国，才发现是自作多情了。

曲逸凡身边已经有了漂亮的华裔女友。

女孩和曲逸凡一同来机场接戴苏薇，曲逸凡很自然地搂着女孩的肩膀向戴苏薇介绍说这是他女朋友，戴苏薇努力保持笑容和女孩打招呼。

在美国待了不到三天，戴苏薇就回国了，三人游的感觉总不免让人觉得尴尬。

大学余下的两年里，戴苏薇把所有心思都花在了专业课和社会实践上，每一天都忙碌而充实，只是想起曲逸凡还是会偷偷掉眼泪。她从来没有得到过，却比失去还难过。

6

大学毕业后，戴苏薇去了上海工作，曲逸凡继续留在美国读研。

两年后，曲逸凡回国，巧的是两个人竟然成了同事。

即使很久没见，戴苏薇看到曲逸凡的第一眼还是忍不住心跳加速。

那曲逸凡呢？他是否喜欢过自己？哪怕一丁点儿？

戴苏薇还沉浸在和曲逸凡过往的回忆时，曲逸凡已经带着新女友出席聚会。戴苏薇嘲笑自己又想太多了。

他的女朋友都是高贵又有气质的女人，怎么会看得上平凡的自己？

之后的日子，戴苏薇不敢再胡思乱想，两个人的关系一直都不温不火。

在公司里是上下级关系，私底下也只是像普通朋友一样。偶尔谈起从前，曲逸凡也只觉得那是一段很“苦逼”的岁月。

戴苏薇这才明白他们的青春真的不一样，她暗恋着他，而他的眼里和心里只有学习。

7

戴苏薇的 26 岁生日聚会，曲逸凡也来了。

赠礼环节，轮到曲逸凡的时候，戴苏薇悄悄点开了手机的录音键，曲逸凡对她说早点儿结婚的时候，她的眼泪一直在眼眶里打转。如果不是其他几个女生也在煽情，她真怕自己会在曲逸凡面前情绪失控。

聚会结束后，戴苏薇回到家里拆开曲逸凡送的礼物，是一条刻有自己名字的项链，还有一张手写贺卡，虽然只有很短的一行字，戴苏薇还是红了眼眶。

曲逸凡说："不管过去多久，我都希望你能真的快乐和幸福。"

那天晚上回忆涌上心头，戴苏薇辗转难眠。

凌晨两点多的时候，戴苏薇做了一件这辈子都可能不会忘记的事情，她熟练地按下了曲逸凡的手机号。

"苏薇，你还没睡啊？"

曲逸凡的声音透着倦意，即使是被戴苏薇扰乱清梦依然好脾气地问道。

"曲逸凡，我喜欢你。"

戴苏薇说完这句话后，两个人的通话陷入了沉默。

"苏薇，你……"

"你别说话，我只是想告诉你，我会等你到 30 岁，那时如果你还没结婚我想嫁给你。"

戴苏薇说完慌忙挂了电话，按住了扑通直跳的心口，她不知道电话那端的曲逸凡也睡意全无了。

第二天在公司见到曲逸凡的时候，戴苏薇装作什么也没发生，却在送文件的时候差点儿打翻曲逸凡桌上的咖啡。

中午下班后，戴苏薇收到了曲逸凡的信息，只有三个字：对不起。

戴苏薇叹了口气，这是意料之中的答案。她早猜到他会拒绝她，即使那时候他已经单身，但是他不爱她，这是不争的事实，所以才会连备胎的机会都不给她。

一个月后，戴苏薇辞职离开了上海回到南京。

曲逸凡给戴苏薇发微信，依然是道歉的话。戴苏薇只回了一句"爱情没有对错和亏欠"便没再理会他。

回到南京以后，戴苏薇找了新的工作，在一家培训机构做老师，薪水虽然不比以前，可是心却慢慢沉淀下来。

姑姑虽然经常念叨她的爱情和婚姻，但是在接连介绍了好几个相亲对象都告吹以后，这件事也就不了了之了。

曲逸凡逢年过节会回南京，每到这个时候，戴苏薇都会尽量避免见面。

她还是没办法装作什么都没发生，有些事情一旦开始就很难收场。曲逸凡就是她命里的一道坎儿，不管过去多久都很难迈过去。

直到有一次，两个人在超市碰到，戴苏薇刚想躲开，曲逸凡拦住了她：“为什么一直躲着我？”

戴苏薇说：“因为见到你很尴尬啊。”

曲逸凡没再说什么，从小到大，他最见不得她为难的样子。

8

2016 年 4 月，戴苏薇辞掉了南京的工作，一个人去了丽江。本来只是想出去旅行散散心，顺便重新找份工作，却没想到会迷上丽江这座城市，一待就是几个月。

要不是戴苏薇的姑姑打来电话说她生病了，戴苏薇可能还会在丽江长住下去。

飞机抵达南京是晚上七点多，戴苏薇刚出机场，手机就响了，屏幕上显示的是一个南京本地的陌生号码，对方一开口说话，她的脑袋就有些缺氧。

是曲逸凡。

戴苏薇还没反应过来，曲逸凡已经走到她面前：“我来接你。”

直到曲逸凡把行李箱搬进后备厢，戴苏薇还有点儿蒙。

“所以你跟姑姑合起伙来骗我？”

曲逸凡摊了摊手：“没办法，谁让你不接我电话不回我微信，躲我这么久？”

“那你来找我干吗？”戴苏薇有些无奈。

“来找你结婚啊，你之前不是说等我到 30 岁吗？”

“……”

曲逸凡看着戴苏薇一脸无辜的样子忍俊不禁：“你知道我当初为什么不答应你吗？”

“因为不喜欢啊。”戴苏薇脱口而出。

曲逸凡摇摇头：“不是不喜欢，是不敢喜欢。”

戴苏薇愕然。

曲逸凡接着说道：“以前我一直觉得爱情不如友情走得远，因为两个人一旦分手就不能在一起了，我不想失去你，所以害怕开始。直到你离开后，我想了很久才明白，如果最后都是要失去，不如选择在一起。”

9

戴苏薇不知道，曲逸凡得知她去相亲的事情后，曾在酒馆喝得烂醉。

后来的那些日子，曲逸凡听过不少女生跟自己表白，有华丽浪漫的，也有质朴感人的，他却只记得戴苏薇在深夜里对他说过的那句我会等你到 30 岁……

很多人都是这样，要在失去以后才看明白自己的真心。

戴苏薇离开后，曲逸凡才感觉到生命中失去的不只是一点点。

曲逸凡说这些的时候，戴苏薇仿佛看到了十多年前的自己和他，那时的他们还没有经历过离别和思念。

“我还以为自己等不到你了呢。”

戴苏薇的声音很轻，却还是被曲逸凡听见了。

“苏薇，跟我结婚吧。”曲逸凡突然变魔术似的拿出一个戒指盒。

戴苏薇愣了半天：“这……也太快了吧？”

曲逸凡挑了挑眉盖上戒指盒：“不要算了。”

戴苏薇连忙伸手去抢盒子：“送给别人的礼物哪有收回去的道理啊？”

曲逸凡顺势把戴苏薇拥入怀抱，两个人都安静了下来。

许久，曲逸凡才喃喃道：“以后别走了，好吗？”

“行，不走，哪儿也不去，就在你身边。”

那一刻，所有交织在他们生命里的错过和遗憾纷纷退场。

第三章　我会记得你，然后爱自己

I'll remember you,
and love myself

我这么努力就是为了追上你啊

1

阿延婚礼那天，七七接到了新娘抛出的绣球。

新人敬酒的时候，新娘端着一杯红酒走到七七面前，新娘美丽得就像是从电影里走出来的一样，七七在心里自嘲，要是我是男人，也会娶这样的女人吧。

新娘看着七七露出好看的笑容说道：“七七，谢谢你作为阿延最好的女性朋友来参加我们的婚礼，我和阿延也衷心祝愿你能幸福。”

啧！原来不只长得好看，情商也很高嘛。

一句话就宣示了主客关系，七七只是阿延最好的女性朋友，她才是陪阿延走完余生的女人。

七七不动声色地笑看了一眼新娘旁边沉默着的阿延说了一句：“百年好合，早生贵子。”

阿延避开了七七的目光回了“谢谢”两个字便不再说话。

七七端起酒杯一饮而尽。

一切都过去了。

2

七七收到阿延从南京寄来的请柬时哭着给我打电话说：“阿乔，我喜欢了三年的男生跟我说要结婚了，我该怎么办？”

我说：“如果能承受结果就去参加吧，如果不能就哪里也不要去。”

七七又在电话里语无伦次地问我她到底哪里不好，阿延才不喜欢她。

“你没有不好，他只是不喜欢你。”我回她。

不喜欢其实就是拒绝一个人最真实的理由。

“可是我做了那么多的努力，难道就只是为了等他的一个拒绝吗？”

七七在电话里泣不成声，我静静地听完了她和阿延的故事。

3

2013年，七七大二，在一场校园招聘大会上认识了阿延。

七七陪一个大四的学姐去投简历，阿延是负责招聘的HR。

七七见到阿延的第一眼就被阿延年轻帅气的外表吸引了。那时七七没有谈过恋爱，她对阿延一见钟情。七七还记得当时她帮学姐投简历的时候要了一张阿延的名片，阿延把名片递过来的时候，她脸红心跳，匆匆逃离了现场，在无人的角落快速存下他的号码。

七七和学姐说起阿延的时候，学姐笑嘻嘻地说："阿延是我们学校的优秀毕业生，大四还没毕业就被大公司挖走了。"

七七心里的仰慕又上升了一级。

当天晚上，她拨打了阿延的电话，电话接通的时候，她屏住了呼吸，阿延问了三遍是哪位后，她才吞吞吐吐地告知了身份。

"原来是你啊。"阿延的声音听起来有些慵懒，他说招聘那天向他要名片的只有三个人，除了七七，另外两个都是男生，所以阿延对七七的印象还算深刻。

七七为此开心了好几天。

之后七七加了阿延的QQ和微信，两人的联系渐渐多了。

4

七七旁敲侧击了半个月终于知道了阿延喜欢的女生类型。

善良、孝顺、乖巧、乐观、优秀，不需要多漂亮，但最好有拿得出手的技能。

七七说这是 99% 的中国男人择偶的标准吧，阿延说是啊，但是这样的女孩太难得了。

七七看着屏幕上阿延发过来的笑脸撇了撇嘴，但阿延所说的她全部记在了心里。

有人说，爱上一个人，我们会变得不像自己。

这话不无道理，七七在遇见阿延以后彻底从一个懒癌晚期患者变成了勤奋少女。

七七出现在图书馆的次数越来越多，刚开始的时候，她坐在图书馆每隔几分钟就要看一次手机，还忍不住给阿延发微信，他经常要过一会儿回复她：看书的时候远离手机比较有效率。

于是七七就真的很少带手机去图书馆了。

她以前每到周末都会和宿舍姐妹去逛街，但是一想到阿延，再面对逛街的诱惑，七七都会略带抱歉地表示自己有安排了。

阿延呢，一直把七七当成小妹妹，周末有空的时候会带她去下馆子，或者邀请她和朋友们到家里聚餐。

有一次阿延的朋友打趣七七："要想追到阿延可不是一件容易的事，但是你很有潜力。"

七七一阵脸红，心里却是高兴的，一旁的阿延却连忙澄清："七七只是我的小学妹，和亲妹妹差不多，你们不要乱讲，小姑娘脸都红了。"

一句话让七七刚刚热血沸腾的心凉了半截。

七七比阿延小三岁，却被阿延左一句小姑娘右一句小女孩叫得很难受。

和室友说起这个的时候，大家调侃她："这有什么。人家那是宠溺的称呼，现在的大叔不都喜欢小萝莉嘛。"

不是的，七七在心里否认。

每当她在生活中遇到困难的时候，阿延都会教她怎么把事情做好，但凡学习上有问题阿延也会帮助七七，但是每当她试图朝更亲密的关系靠近时，阿延都会适时巧妙地抽离。

就拿七七的生日来说，七七吹蜡烛的时候，阿延问她许了什么愿望，七七半开玩笑地说："我希望能遇到一个像你这样的男朋友。"

阿延看着七七顿了几秒缓缓说道："七七你知道吗，很久以前，大概还是十四五岁的样子吧，有个男孩喜欢上了他们班的学习委员，但是女孩太优秀了，男孩的成绩每次都排在女孩后面，所以男孩下定决心一定要超过女孩，然后告诉她自己喜欢她。但是男孩每次都差那么几分，男孩很沮丧，就在他快要自暴自弃的时候，女孩找到了他，女孩说，我是来谢谢你的，我知道你一直都想超过我，虽然一直没有成功，但因为你的追赶，我的成绩也比以前更好了。”

“然后呢？”

“后来他终于成了第一名，因为女孩跟随家人去香港念书了。”阿延的声音淡淡的，却透露着一丝很浓的哀愁。

七七没有问阿延那个男孩是不是他自己，她仿佛已经听见了心碎的声音，同时还有阿延的叹息。

5

在那以后，七七把自己的生活安排得更忙碌了，按时睡觉，按时起床，每天晚自习都去图书馆，从图书馆出来以后再去田径场跑步。大四上学期的时候，七七已经拿到了英语六级证书、普通话二甲证书、计算机二级证书等，此外，七七还在课余时间学习了日语和古筝，看过的书也越来越多，阿延说的要求，她几乎每条都达到了。

阿延在公司里看到七七的时候略微惊讶，她穿着阿延公司的职业装，化了精致的妆容，说话做事都游刃有余，一点儿也不像初入职场的实习菜鸟。

下班以后，阿延叫住了七七：“士别三日，小姑娘已经大变样了。”

七七笑着说：“只有自己变得优秀了才能让优秀的人看到自己啊。”

阿延看着七七一如往昔的笑容不禁露出赞许的目光。

那天下班以后，阿延带七七去吃了西餐。

等美食的时候，阿延问七七毕业以后有什么打算，她笑而不语，等到甜品上来的时候，七七喝了一口果汁说道：“留在想要在一起的人身边。”

七七的目光毫不避讳地看向阿延，爱慕之情溢于言表。

阿延却避开了那道灼热的目光。

见阿延不说话，七七又开口了：“你以前说男孩喜欢的女孩去了香港，那的确很遗憾，但男孩和女孩都会在新的环境中认识新的人，如果用时间的早晚来定义感情的深浅，那对后面出现的人来说未免有些不公平，不是吗？”

这一次换阿延沉默了。

牛排上桌的时候，阿延像没事人一样问七七：“你喜欢几成熟的牛排？”

“五分熟啊，刚刚点单的时候不是说过了吗？”七七疑惑地说道。

阿延突然笑了："那你记得我点的是什么吗？"

"七分熟……"

"那就对了，恋爱就像吃牛排，有人喜欢鲜嫩的口感，也有人喜欢厚重一点儿的，吃起来有嚼劲。"

七七忘记阿延后来还说了什么，只记得阿延送自己回家的时候说他要调到南京去工作了。

不到半个月，阿延就真的离开广州去了南京。

阿延离开的时候没有告诉大家，深夜到了南京以后才发朋友圈。七七在下面评论：等我转正也来南京，你要等我。

阿延没回她，后来再去看，那条朋友圈已经找不到踪影了。

6

七七对阿延的感情就像打不死的小强，无论阿延怎么委婉拒绝，只要他还没有和别人在一起，她就不准备放弃。

第二天早上，阿延给七七发了一条微信：每个人都有一座属于自己的城市，我们也一样。

七七苦笑，心里却念念有词，只要有你在，其实哪里都一样。

七七被爱情蒙蔽了双眼，内心却依然渴望被阿延接纳。

她觉得只要自己足够优秀，总有一天她可以骄傲地站在阿延身边说："嘿！当年你说的样子我现在都有了。"

只是爱情从来就不是等价交易，就算你变成他喜欢的样子，你也不可能变成他喜欢的那个人。

七七以前去过一次南京，那时候她跟着主任到南京出差，阿延在机场接机，因为领导在，七七和阿延只匆匆地吃了一顿饭，她就跟着主任去别的城市了。

7

再去南京便是参加阿延的婚礼，那时候七七已经升职了。

阿延和未婚妻来接七七，看到阿延的那一刻，七七差点儿泪奔。

阿延指着七七说："这是唐七七，我在广州遇到的最好的异性朋友。"接着又向七七介绍自己的未婚妻。

晚上在酒店，七七打给阿延，她问："和你结婚的是当年你喜欢的那个女孩吗？"

阿延回答说不是。

"为什么，要这样对我？"七七的声音有些颤抖。

阿延说对不起。

"你知不知道我这么努力就是为了追上你啊？"七七几乎是声嘶力竭地喊道。

阿延说我全都知道，可是爱情和婚姻都讲究缘分，我们之间只有情分，没有缘分。

七七没有再说话。

七七离开南京那天给阿延发了最后一条信息：谢谢你让我变得这么好，祝你幸福，也祝我能幸福。

七七回到了广州，继续以前的生活。但内心有些东西已经土崩瓦解了，只剩下点点回忆。

孤注一掷的爱情你敢要吗?

年轻的时候，我们总以为当下遇到的爱人一定是携手一生的那个人，却忘记了也许在下个路口就面临分道扬镳。

早上看新闻的时候，随手搜了一个内地当红女星的资料，网页上显示最多的是整容和分手的消息。

报道中写的是女明星为了相恋多年的男友去整容，整容失败脸上留下了疤痕，之后同为演员的男友又和另一位女星公开恋情，网友纷纷唾骂男明星是渣男。

且不说这些报道是否属实，但放到恋爱关系中，我觉得一个女生为爱情孤注一掷的行为值得深思。

说个身边亲友的故事吧。

安妮是我表姐的闺蜜，26 岁，在广告公司做文秘。

认识安妮是在两年前表姐的生日 party 上。

那天晚上安妮喝多了，等到其他人都散去以后，安妮在包厢里痛哭，我被安妮突然失控的情绪震惊了。

那天晚上，安妮一遍又一遍地拨同一个号码，但每一次听到的都是系统提示的您所拨打的用户是空号。

直到表姐低吼了一句“他已经拉黑你了”，安妮才平静下来。

表姐口中的他是安妮的前男友，叫陈晨，是安妮大学时候的学长，也是她以前的同事。

和所有校园故事如出一辙，安妮大一的时候喜欢上念大三的陈晨，之后开始了一年的暗恋。

但是安妮喜欢上陈晨以后才知道他原来已经有女朋友了。

奈何情丝难断，安妮的爱已经覆水难收。

可是就算掩饰得再好，陈晨的女朋友还是发现了安妮的秘密，所以真相还原的时候，安妮除了被女生扇了一耳光，还被冠上了“绿茶婊”的称呼。

一晃大四快毕业的时候，陈晨失恋了。

女生觉得两个人没有未来，所以选择了分手。

安妮那段时间每天都陪着陈晨，刚开始的时候他有些抵触，但后来也慢慢接受了她的关心。

陈晨工作的第一年，安妮跟陈晨表白，陈晨却拒绝了她。

他说：“我一直把你当朋友，所以不希望我们的关系变得尴尬和复杂。”

陈晨一句话便让安妮默默退回到朋友的位置，但她对他还是有求必应。

陈晨生病了，安妮像个老妈子一样跑上跑下，又是买药又是煲汤。

陈晨陷入和前任纠缠不清的感情，安妮忍着心痛帮他梳理感情。

陈晨喝醉了，安妮跑去酒吧接他回家，那天晚上陈晨第一次吻了安妮，喊的却是前女友的名字。

安妮一遍又一遍在心里安慰自己，爱情也讲究先来后到，谁让自己没有早点儿遇见他呢。

这种微妙的关系持续到安妮毕业，陈晨还是把她当成普通朋友。

身边的朋友不止一次劝安妮别抱希望了，如果陈晨对她有一点儿喜欢的话也不至于让她等那么久。

可是安妮笑着安慰自己："再等等吧，总有一天他会发现我的好的。"恋爱有时候会使人丧失理智，因为付出得越多，越是觉得应该得到一点儿什么才能平衡那些不甘心。

可是安妮不知道，又或者明明知道却不愿承认：一个男人迟迟不肯接受一段恋情，没有别的，只是因为他爱的不是你。

别说什么男人对待爱情的态度比女人理性，在爱与不爱之间，只要一个眼神就能看出他对你的感情。

你要相信，真正喜欢一个人的时候，就算没有喜欢到狂热的程度，但是他看你时的眼神都是充满惊喜的。

安妮对陈晨的爱延续到了毕业，她进了陈晨的公司，原本以为可以促进两个人之间的感情，现实却是陈晨又有了新欢。

全公司的人都知道他喜欢人事部的一个女生。

安妮下班后找到陈晨，问他为什么要欺骗自己的感情，原本以为陈晨会为此感到愧疚，不料他却说：“我早就跟你说过我们是朋友的。”

一句话把安妮所有的希望和失望都击成了碎片，一片一片扎在柔软的心尖上。

是啊，长久以来不都是自己一厢情愿的吗？明明知道对方装聋作哑视而不见，偏偏还要自欺欺人安慰自己，他只是暂时不能接受自己。

可那又如何？她想只要陈晨还没追到那个女生，自己就还有机会。

那时的安妮就像飞蛾，陈晨是火，明知扑过去会被烧成灰烬，她还是义无反顾。

故事总有完结的一天，安妮的爱情最终还是燃烧尽了。

陈晨结婚了，新娘是人事部的那个女孩。

安妮心如死灰。

陈晨结婚前一周，她给他打电话说想见他，陈晨拒绝了，直到她哀求着说是最后一次，陈晨才松口了。

他们约在了母校见面。

偌大的田径场上，安妮流着泪问陈晨为什么一直不肯接受自己。

陈晨说：“你爱得太过火了，我很怕有一天被你这种爱烧得体无完肤。”

安妮沉默了。

陈晨说得一点儿都没错，她对他的爱就像一场豪赌，她把所有的筹码都押在了他身上。

这样的爱情太偏执了，甚至是畸形的。很久以后，安妮终于领悟到这一点，也终于从那段故事里走了出来。

好的爱情即使无法做到收放自如，但至少要懂得适可而止，而不是不撞南墙不回头。

陈晨结婚那天，安妮悄悄离开了那座承载了她整个青春的伤心之城。

现在的安妮已经找到了真爱，男友是她现在公司的创意总监，学历、家境、人品都好得没话说的一个男人。

大家都说安妮真幸运。

或许是因祸得福吧，当总监听说了她和陈晨的那段往事以后突然对安妮有种莫名的心疼，那时候总监心里萌生了一个念头，他想带安妮走出那段痛苦的回忆。

在后来的接触中，安妮的心结渐渐打开。当她终于对过去释怀的时候，安妮发现自己已经喜欢上了这个一直陪伴着自己的男人。

安妮之前发过一条微博，她说：“我曾经以为自己再也不会相信爱情，直到我也被人爱过以后，我才明白原来我以前只是没有被人爱过，才会那么卑微地去爱一个不可能的人。”

的确是这样，当你爱过别人也被人爱过以后就会明白，恰到好处的爱情不过是他有十块钱就给你六块钱，他有一百万就给你五十万。在爱别人之前，请先确保我们还有爱自己的能力。

前段时间有个读者在公众号给我留言说她和谈了三年的男朋友分手了，虽然知道他渣，但想起来还是会心痛。

我特意收藏了那条留言，等到晚上闲下来的时候留了我的个人微信号。

之后姑娘加了我和我说起了她的故事。

女孩的网名叫阿薇，是个东北姑娘，去年刚毕业，在当地一家房地产公司做置业顾问。

阿薇的男朋友是湖南人，在东北读的大学，毕业后回了湖南工作。

两个人谈了半年多的异地恋，春节刚过，男生却毫无征兆地提了分手，原因是男方家里觉得南北文化差异大，不希望自己的儿子娶个东北媳妇。

阿薇当时在电话里急得大哭，她跟男孩说自己可以去南方，文化差异也是可以慢慢消除的，但是男孩却不愿多说，执意要分手。

阿薇冲动之下买了南下的火车票，因为赶上春运，她只买到一张硬座车票，坐了一天一夜的火车赶到男孩的城市，哪知道迎接她的却是一个弥天大谎。

男孩见到阿薇的时候知道纸包不住火了，只好坦白是自己喜欢上别人了，并不是父母不同意他们交往。

阿薇给我发语音："我那时候把工作都辞了，瞒着我爸妈拖着一箱行李去找他，我都做好了和他一起生活的准备，可是他却告诉我说不爱我了……"

我叹了口气，爱情里有太多的盲点，因为对恋爱抱有太多美好的憧憬以至于我们都学会了掩人耳目，把自己的故事编织成童话，以为这样就可以躲过世俗的缺憾，可生活怎么可能像童话一样美好？

阿薇的一腔孤勇没有换来男友的感激和珍惜，反而成了对方的拖累，爱情的可悲之处莫过于此：他爱你的时候，你付出一分他能感知到十分；他不爱你的时候，你付出全部也等于零。

我安慰阿薇说以后的路还很长，一定会遇到那个陪她过一生的人。

虽然这样的安慰听起来不痛不痒，但是对于糟糕的爱情，我始终相信悬崖勒马，回头是岸，旧的不去新的不来。

分手以后，阿薇回到了东北，继续从事以前的职业，虽然很辛苦，但是对于失恋的女生来说，忙碌总比胡思乱想更容易走出爱情的阴影。

在恋爱心理学中，男人往往很容易喜欢上一个女人，但不会轻易深爱对方，而女人恰恰相反，女人一旦陷入爱情，她们往往比男人表现得更投入。

所以我们常常看到很多理性温柔的女人一旦陷入爱情也会变得和平时不一样，爱情的确会拉低女人的智商和情商。

所以这也可以解释在一段恋爱关系中，为什么作死的绝大部分都是女人。

女人容易把爱情当成全部，这是最大的硬伤，可越是如此，受伤的概率越大。

很多人问我要怎么和爱人相处才能长久。我想用爱人三分，爱己七分的爱情观来回答这个问题。在开始一段感情后不要爱得太满，水满则溢，月满则亏。爱情也需要呼吸，爱得太过就容易窒息。

任何时候，我们都要保持爱自己胜过爱别人的心态，这不是自私，而是孤注一掷的爱情风险太大，我们赌不起。

谈一场以结婚为目的的恋爱

雯雯最终还是和阿亮和好了。

雯雯的 25 岁生日会，她当着所有同事和朋友的面说："我许了一个愿望，我要跟阿亮分手了，望周知。"

雯雯说完以后，全场陷入了沉默，阿亮还在切蛋糕，听到女朋友说分手的时候，他以为自己幻听了，手却不自觉抖了一下。

但当包括雯雯在内的其他人都保持了沉默时，阿亮才意识到全场目光都聚集在自己身上。

"宝贝儿，别闹。"阿亮尴尬地笑笑，一边伸手去拉雯雯的胳膊却被她悄悄地甩开了。

那场生日聚会最终演变成一场闹剧，气氛尴尬到极点，前来庆祝的朋友和同事们都提前离开了，最后只剩下雯雯和阿亮两个人。

阿亮的脸色很难看，雯雯也好不到哪里去，阿亮冷着脸问：“为什么要这样闹？”

雯雯冷静地告诉阿亮，这是她想了很久才做的决定。

雯雯和阿亮是大学同学，从大二开始就在一起，已经谈了将近六年了。雯雯爸妈已经开始着急女儿的婚事，她也好几次暗示阿亮能不能先把婚结了，但是阿亮总能找到理由搪塞她，比如还没买房啊，不想让她跟着他吃苦啊，雯雯起初也很感动，但久而久之就发现看似冠冕堂皇的理由其实不过是阿亮敷衍自己的借口。

雯雯说：“我要嫁给的是爱情，不是房子，何况那些物质上的东西是可以在结婚以后慢慢赚取的，可他既给不了我物质，也给不了我爱情，不分手还留着过年吗？”

雯雯的同事也曾劝过她要慎重，毕竟六年的感情不是说断就断的，而且像阿亮这样好的男生已经很难找了。

阿亮是很好。

雯雯听过很多女性朋友说起她们遇到了怎样的极品男时，都很庆幸阿亮是个好好先生。

在学校的时候，阿亮三年如一日地给雯雯买早餐，陪她泡图书馆，无论是生活还是学习，雯雯一遇到困难，只要一句话，阿亮就立马变身超人前来救援。

工作以后，阿亮每天都会去雯雯公司接她回家，起先是一起坐地铁回家，阿亮会把雯雯圈到自己面前不让别人挤到她，后来买车了，阿亮就把车开到雯雯公司和她一起回家。

雯雯闻不得烟味，阿亮每次抽烟都躲到阳台上。

雯雯不爱洗碗，阿亮就包揽了洗洗刷刷的家务活。

雯雯生理痛，阿亮会在雯雯生理期前一周给她煮红糖姜茶。

雯雯把阿亮的好都记在心上，也正是因为这些好，雯雯看到身边的朋友、同事纷纷结婚以后才开始患得患失，她害怕有一天阿亮离自己而去，那时候的自己要怎么办。

雯雯越想越害怕，结婚的愿望也越来越强烈。

偏偏阿亮一直不得要领，雯雯心灰意冷之下才决定分手。

雯雯收拾东西搬离公寓的时候，阿亮抱住她问道："能不能再给我一点儿时间？"

"我给你的时间还不够多吗？"雯雯挣脱了阿亮的怀抱，她是真的累了，不是因为恨嫁，而是失望够了。

当失望攒够的时候，雯雯选择了离开。

阿亮只说了一声对不起，然后便开始帮雯雯收拾东西。

雯雯气得跳脚："你就这么急着赶我走啊？"

阿亮连忙解释说不是，只是不忍心看到雯雯在自己面前手忙脚乱。

雯雯在心里骂了一句呆子。

阿亮是典型的工科生，智商超高，情商却低得不忍直视，很少说情话，雯雯生气的时候也不会哄。

雯雯有时候也觉得匪夷所思，阿亮那么呆板的一个人，两个人却一起走了六年。大概是因为爱到骨子里了吧，相互包容的爱情的确更能长久，可是雯雯当下想要的是婚姻。

从和阿亮在一起的第一天起，雯雯就被阿亮的细腻和体贴打动，她认定阿亮是结婚的不二人选，哪知道六年了，他还是没有娶她的打算。

收拾好东西以后，阿亮执意要送雯雯到公司的宿舍。

一路上两个人都沉默着没说话。

临别的时候，雯雯站在窗口看着阿亮驱车离去突然哭得不能自已。

要结束一段六年的感情真的很难。

也许只是一个茶杯、一个牙刷就能回想起相爱过的证据。

分手并不可怕，可怕的是由分手勾起的过往的美好回忆。

就在所有人都快忘记雯雯和阿亮分手的事情时，情况发生了逆转。

分手半个多月的时候，阿亮抱着一束大红色玫瑰出现在雯雯公司楼下。

雯雯和同事从楼上下来，看到阿亮的一刻，雯雯虽然面上表现得很平静，但眼里还是难掩喜悦。

阿亮把玫瑰送到她面前，雯雯半天没反应，直到同事戳她胳膊，雯雯才接过玫瑰，正想问他来干吗的时候，阿亮突然单膝下跪，认真地看着雯雯说：“宝贝儿，我想了半个多月终于明白，我的生活不能没有你，如果你还愿意给我一个机会，我一定和你结婚，你还愿意嫁给我吗？”

雯雯看着阿亮举着戒指满怀期待地看着自己突然笑着哭了：“我愿意。”

从民政局出来的时候，雯雯和阿亮终于结束了六年的恋爱长跑。

也是在领证前一天，雯雯知道了阿亮之前一直不肯提结婚的原因。

不是没想过结婚，而是不敢。

阿亮是单亲家庭，父母在他读初中的时候就离婚了，阿亮被判给了父亲。离婚后不到半年，父亲就迎娶了新的妻子。阿亮和继母的关系一直很不好，他讨厌那个破坏了他父母感情的女人，也因此对婚姻产生了深深的恐惧和厌恶。

阿亮说：“我曾经也以为婚姻是爱情的坟墓，所以我觉得只要无条件对你好就可以一直幸福。但是在你离开后才渐渐明白，婚姻对于女孩子来说不仅仅是一纸证书，还是一种归宿和认可。”

所以啊，所有的分离都不过是因为不爱了，如果他足够爱你，又怎么忍心放你走？

雯雯和阿亮的故事圆满落幕了。

这是我的一位读者的亲身经历。姑娘跟我说，她不在乎什么时候结婚，会不会成为剩女，她只在乎和她结婚的是不是她深爱的那个人。

世界上没有哪个女孩不希望嫁给爱情，谁都想谈一场不分手的恋爱。

我认识的女性朋友中，不管是十八九岁刚谈恋爱的小姑娘，还是二十八九岁被催婚的老姑娘，问起她们谈恋爱的初衷是什么时，很多姑娘都特别真诚地说："因为想和爱的人结婚啊。"

而男生们谈恋爱的时候却很少会真正想到结婚的问题，一方面可能是和男孩贪玩的天性有关，和女生不同，男生们很少有人会把恋爱当成全部，念书的时候不会，工作以后更不会；另一方面可能和天生的猎奇心理有关，男生追求爱情就像原始人类狩猎，猎人绝大多数不可能只满足于一只猎物。

嘴上说不如心里想，心里想不如手上做，所以如果一个男孩为了和你结婚而默默打拼时，请你一定要珍惜这样的恋人。

姑娘们谈恋爱虽然是奔着结婚去的，但她们心里也明白，现阶段和自己谈恋爱的人不一定就是未来的结婚对象，但结婚是出于对爱情的祝福，她们希望自己爱的人也能和自己一样是奔着同一个目标去爱的。

婚姻就像梦想，虽然知道不一定能实现，但一定要有。

我们不一定会结婚，但是我希望你至少和我一样有过结婚的想法。

同样，婚姻对于绝大多数姑娘来说都是爱情的最高境界，从恋爱到结婚，从爱情到亲情，不仅是角色的转换，还是人生的升华。

爱情是鲜花巧克力牛排和红酒，婚姻则是柴米油盐酱醋茶和朝朝暮暮，二者不可相提并论，但聪明如你一定知道孰轻孰重。

于万千人海中，一个人遇到另一个人，然后相知、相恋、相濡以沫。这是命运馈赠给我们的最好的礼物。

百年修得同船渡，千年修得共枕眠，谈一场以结婚为目的的恋爱也没什么不好。

关于我爱你这件事，就到此为止吧

文章改编自读者爱丽丝的故事

谨以此文献给生命中第一次爱的人

亲爱的 S：

我在长春开往上海的高铁上写下这封信，既是写给你，也是写给自己。

关于我们之间这段不算完整的故事，我想是时候画上一个句号了。

这是与你认识的第七年。

16 岁遇见你，以为只是人海中匆匆一瞥，未曾想到会出现在同一间教室。S 你知道吗，在公交车上见到你的时候，我就在想如果有机会再见到你，一定要跟你打个招呼，嘿！你好啊。

然而真正见到的时候，却发现“你好”两个字都难以启齿，要怎么告诉你，我好像喜欢你。

听说喜欢一个人的时候，眼睛里看到的都是春花秋月，所以在遇见你以后，我发现了一个缤纷美丽的世界。

年少时的喜欢都很简单，甚至是莫名其妙的，就如我喜欢你，仅仅是那天的你穿了一件格子衬衫。

亲爱的S，你穿衬衫的样子真好看，后来我见过很多男生也穿衬衫，但是他们都不及你。

我喜欢你，但是我不能告诉你。因为你身上的光芒太耀眼了，你那么优秀，我怎能企及?

关于我喜欢你这件事，我是吃了不少苦的。

为了掩人耳目，我剪断了留了十多年的长发。头发落地的时候，我对自己说，没关系，有失去才会有所得嘛。

我把衣柜里花花绿绿的裙子换成清一色的牛仔裤和衬衫、T恤，把自己打扮成假小子，这样我对你的不良居心应该很难被发现了吧?

在你拍着我的肩膀跟一起打篮球的队友说“嘿！这是我哥们儿”时我就知道我成功了，可是为什么我心里一点儿也不开心呢?

亲爱的S，你一定不知道，为了演好哥们儿的角色，我偷偷打听过你的吃穿喜好：嗜辣，无辣不欢。对虾过敏，所以不吃海鲜。喜欢打篮球，偶像是乔丹……

关于你的点点滴滴，我把它们写在了日记本上，这么老土的行为，不知道你会不会觉得幼稚呢？

关于高中三年的暗恋，如果用一句话来概括，我想应该是：暗恋是苦涩的，可是我甘之如饴，因为是你啊。

关于高考志愿，我想那应该是上天对我的惩罚吧。

我不够勇敢，错过了跟你表白的时间，等到鼓足勇气的时候，却发现你身边已经有了别人。

旁敲侧击知道你想去上海念书的时候，我抑制住内心的激动，因为那也是我喜欢的城市啊。

可是为什么，要在我填报志愿以后才告诉我你要去北方？

“我说，S 你那么优秀完全没有压力考上海的学校，为什么要改志愿呢？”

你看了我足足半分钟，然后告诉我你只是想去北方看雪。

你看我时的眼神差点儿让我以为你已经看穿我喜欢你这件事情了，所幸下一秒，你说：“以后来我学校，哥带你滑雪。”

我努力收起眼底的失望和难过，笑着推了你一把：“必须的！”

大一那年冬天，我坐了 30 个小时的火车去长春找你。

在火车站看到你和一个眉眼弯弯的女生手牵手的时候，我终于知道你为什么会突然跑去北方了，才不是为了看雪，你只是为了那个女孩吧？你在出站口接过我肩上的背包，见我不说话，你揉了揉我的头发问我怎么了，大概是你的动作太过亲昵，所以你身边的女孩微微惊讶，我躲开了你揉头发的手，对着手心哈了一口气：“东北真他妈冷啊。”

女孩脸上渐渐恢复笑容：“要不要给你围巾？”说完作势要摘围巾。

我慌忙把头摇得像拨浪鼓，我和她的关系还没到那么熟稔的程度。

那是唯一的一次三人行，我偷偷打量了一眼你旁边的女孩，个头儿高高的，留着一头海藻一样的长发，笑起来有迷人的酒窝，说话的时候带点儿东北口音，却也有几分江南女孩的温婉气质。

原来你喜欢这样的女生。我在心里自嘲，其实我也曾如她一般娴静美好，只不过因为你变成了另一番样子，也许这就是不作死就不会死吧。

那一次长春之行，我只待了两天便回了上海，三个人的行程总觉得诡谲又无趣，电灯泡是我还是她，别人无从而知，只有自己能听见心底的叹息。

回到上海以后，我跟最好的朋友沐沐说：“我好像失恋了，可是老娘都还没恋过呢，怎么就失恋了？”

沐沐骂我傻 ×，自作自受。

我也知道我傻啊，可是我能怎么办？就算你不喜欢我，我还是喜欢你啊，所以一切因果都只能自己承受。

后来隔三岔五在社交网站上看到你晒幸福，我从来没有想过那么低调处事的你有一天也会落入俗套。

我一边嗤之以鼻一边给你点赞送祝福，谁让我们是哥们儿呢?

仔细回忆，我做过的最卑微的事情莫过于此吧?

直到后来，你们分手，我又忘乎所以跑去长春，你看到我的时候一把抱住了我，那是我们之间第一个拥抱，我还来不及回应你便松开了我："走，我们喝酒去。"

我扯了扯嘴角笑着说好啊。

那天晚上我们喝到凌晨一点多，你不知道吧，认识你以后，我的酒量也提升了不少，以前我可是三杯就倒呢。

从酒吧出来以后，你本来要送我回宾馆，却接到了前女友的电话，你让我自己打车回去，而后急匆匆乘坐另一辆车离开了。

我站在凌晨一点多的长春街头，眼泪大颗大颗滚落下来，我终于明白对于你，我没有最卑微，只有更卑微。

离开长春的那天，你和前任已经复合了。

你们一起去火车站送我，女孩笑眯眯地说谢谢我。

谢我什么呢?谢我让她知道你有多珍贵吗?

后来我才知道，女孩只是一早就识破我对你的感情了。

你看，别人一眼就能看穿的事情，为什么S你却一点儿感觉也没有呢?

还是你什么都知道，只是刻意忽略了?这个问题的答案拖到了现在，我终于明了了，你一直都知道，只是不喜欢我罢了。

4 月末的时候接到你的电话，这一次你们是真的要分手了，女孩的家人安排好了一切，只等女孩毕业就嫁入豪门，其实男方也谈不上有多优秀，只不过拼爹而已。但是 S，我也知道，我们除了自己，好像真的一无所有了。

所以你选择了成全。

见到你的时候，发现你憔悴不已，心里硬是狠狠疼了一下，纵然这些年你爱的一直是别人，可是看见你不好，我也还是会心疼。

那天晚上我们喝了多少瓶酒，我已经不记得了，只记得后来你送我回到宾馆，离开的时候，我从背后抱住了你，你僵住了，想要松开我的手，却被我死死攥住，既来之则安之，于是你转过身，我们紧紧抱在一起。酒劲尚未消退，又有荷尔蒙作祟，我们开始亲吻和彼此探索，空气里散发出燥热的气息，但我们卡在了最后一关，我说疼，你终于清醒过来，慌忙穿上衣服，别过脸说对不起。

S 你知道吗，在你说对不起的那一刻我内心其实产生过一丝快感，你终于知道你愧对我了。

可是这种邪恶的感觉却只持续了几十秒，你抱头无措的样子真让我难受，于是我笑着说没关系。

之后我们沉默了十多分钟，你从始至终都不敢看我一眼。

最后你说你要回去了，我终于说出了 16 岁时就想告诉你的那句话，我说："S，我喜欢你，喜欢了好多年，你知道吗？"

你回过头看了我一眼，认真地点点头："我知道，所以我跟别人说我们是好朋友，我以为你会懂，可是……"

"没有可是，我以后不会再喜欢你了，你走吧。"

这是我第一次如此决绝，也是最后一次。

解铃还须系铃人，由我开始那也由我来结束吧。

现在，我坐在回南方的车上，车窗外的山川真美，身边的旅客在安静地看书，我忽然想起第一次见到你时，也是这样的场景，你坐在我旁边的座位上看一本物理竞赛手册，阳光洒在你的侧脸上，那时的你真的美好极了。

可是时间在变，人也会变的，我们都长大了，而你，或许也只是我生命里的一个旅客。

我们一起走过一段旅程，然后在不同的站台各自下车，以后的人生，或许再也不会相见。

亲爱的 S，别人都说千万不要和好朋友上床。我却还是这样做了，你大概不知道吧，其实我只是想结束这段感情了，暗恋你这么多年，这一次是真的累了。

关于我爱你这件事，就到此为止吧。

最后，愿一生喜乐安宁，我亦无忧无怖。

喜欢了你 7 年的朋友：爱丽丝

2016.5

只是不喜欢你

娇娇在电话里说："我和 S 要结婚了。"

我愣了几秒，最终还是说了："恭喜，早生贵子。"

娇娇要结婚的消息让我有些意外，不过也是意料之中。

半年前，她和初恋分手，而后在家人的介绍下认识了男友 S，两个人在一起不到半年，从恋爱到结婚的速度堪比闪婚。

娇娇是闺蜜圈里年龄最大的一位，26 岁，双鱼女。我和娇娇认识的时候，她正和一位小有名气的网络作家爱得轰轰烈烈。

那时娇娇在念研究生，作家男友叫路然，在娇娇的学校附近租了一套两居室。

在一起的第三个月，娇娇就搬进了路然家里，小日子过得风生水起。大家都调侃娇娇一下子从玉女变成了欲女。

娇娇毫不掩饰地当着大家的面秀恩爱："你们要是有一个有颜有

才的男朋友就知道我的心情了！”

几个没谈过恋爱的女生愣是被娇娇说红了脸。

后来我们见到了路然，男生请大家吃日本料理。

娇娇挽着男友走进餐厅的时候，众姐妹纷纷惊呼太帅了，简直是鹿晗和吴亦凡的合体……

饭桌上，闺蜜团考验路然。大家给娇娇灌酒，路然却给娇娇的酒杯里倒满了果汁替她挡了半瓶白酒。

饭后，大家看着脸色微醺的路然暗暗给娇娇使眼色：“这人挺靠谱。”

娇娇和路然谈了三年，研究生毕业后，娇娇考了公务员，两人的感情一直很好。

年初，路然却因为卷入一桩抄袭纠纷被网友骂得狗血淋头。他闷在家里一蹶不振。娇娇安慰他大不了换个ID重来，路然却觉得这是讽刺，两个人为此大吵了一架。

之后，路然和娇娇的关系越来越紧张，路然的脾气也一下子变得很暴躁，稍有不顺就冲娇娇发火。

娇娇和路然分手是因为路然的一个耳光。娇娇感冒了，路然闷在房间里打游戏，娇娇想让路然出去帮忙买点儿药回来，路然却玩得正起劲，迟迟没有行动，娇娇一怒之下关了电脑。

路然突然奓毛了，娇娇用尽力气捶打路然，路然没有像以前一样抱住娇娇，而是抬手扇了她一巴掌。空气中发出清脆的响声，娇娇和路然都呆住了。不记得过了多久，路然抱住娇娇不停道歉，娇娇任凭路然抱着，心却一点儿一点儿冷下去。

那个曾经说过会一辈子保护她的人却对她动了粗，娇娇难过不已。当天晚上，她离开了路然家里。路然看着娇娇离开的背影扇了自己十个耳光。娇娇是哭着离开的，她生怕自己会忍不住回头。

和路然在一起的三年，他们经历了从炽热到平淡，娇娇无数次幻想过和路然结婚，路然却迟迟没有要娶自己的意思，而那一耳光彻底打碎了她最后一丝幻想。

和路然分开的第二个月，娇娇认识了 S，某房地产开发商的儿子，娇娇妈是 S 的高中语文老师，一次偶然的拜访，S 对娇娇心生爱慕。

娇娇曾以为这是一个玩世不恭不学无术的男人，但是 S 打破了她所有的偏见，S 在复旦大学读的本科，之后又去了宾夕法尼亚大学念研究生，举手投足间都散发着绅士气息。

娇娇对 S 谈不上喜欢，那时候她心里还没有完全放下路然。初恋就像胃病，可以止痛，但还是会不定时复发。

所以当路然因为抄袭赔偿了 20 万元的时候，娇娇立马跑到路然家里，但是路然又让她失望了，他还在打网游，室内一团糟，快餐盒和啤酒瓶随处可见，路然的脸上写满了疲惫和颓废。

路然久久凝视着娇娇，眼里仿佛看到了希望，沉默片刻终于开口：“你能借点儿钱给我吗？”

娇娇有些难过，但还是把准备好的一万块现金和一张银行卡拿给了路然："银行卡密码是你的生日，里面有两万块钱。"路然接过现金和银行卡略带谄媚地说了谢谢。

娇娇那次在路然家里待了不到十分钟就离开了。

从路然家里出来，娇娇意外地看到了S的黑色奔驰，还在发愣的时候，S已经打开车门对娇娇做了邀请的手势。娇娇犹豫了一下，正准备拒绝的时候，路然的声音冷不丁传来："原来是傍上大款了，所以那些钱是分手费咯？"

娇娇回过头看着路然良久，然后一字一顿地说道："从今以后，我希望我们永远都不要再有任何瓜葛了。"

娇娇说完没等路然回话便搭乘S的车离开了。

回去的时候，娇娇泪流不止。路然怎么可以说出那样难听的话？他根本就不知道她给他的那些钱是她所有的积蓄。娇娇花钱向来大手大脚，工作以后也没存多少钱，可即使是这样依然想着能帮多少是多少，他却把她想得那么不堪。想到这些，娇娇更加难过了。

S看着娇娇心疼道："男人被金钱拖累的时候是顾不上爱情的，你这样伤心难过除了折磨自己和在乎你的人，根本无法化解他对你的误解。"

S没有说出口的是在乎娇娇的人里也包含了自己。

促成娇娇和S在一起的不是别人，是路然自己。

路然在娇娇下班的时候拦住了她，各种质问和谩骂引来路人的侧目，娇娇难堪不已，终于在他骂完她是虚伪做作的拜金女以后，娇娇冷笑着说道："你说得没错，我就是喜欢钱，而且有人愿意为我花钱埋单，何乐而不为？”

娇娇说完拨通了 S 的电话。

十五分钟后，S 出现在娇娇和路然面前。娇娇走上前挽着 S 走到路然面前笑着说：“介绍一下，这是我现在的男朋友。”

娇娇和路然下了一个赌注，半个小时之内，S 要是赶到了，他就不再纠缠她，如果没有，她就要重新回到他身边。

S 赶到了，所以路然不得不服输。

那天以后，娇娇和 S 的关系有了微妙的变化，谁也没有点破，但彼此又都心知肚明那天的事情。

路然不再给娇娇打电话和发信息，直到有一天娇娇给路然发微信才发现他已经把她拉黑了。

娇娇结婚前一周，路然只身去了北京，我把路然朋友圈发的车票截图给娇娇看，娇娇只回了“都过去了”四个字。后来再去看路然的朋友圈也是一条横杠，他把闺蜜团的姐妹们都删除了。

曾经最让人羡慕的情侣如今却各安天涯，闺蜜团里几个还没谈恋爱的女生酒过三巡不无感慨道：“爱情真可怕，曾经多甜蜜现在就有多心酸。”

其实爱情并不可怕，可怕的是分开以后，现实与过去相碰撞时有如骨骼撕裂的痛苦。

我们曾相爱，想到就心酸。我不知道经年以后，娇娇和路然还会不会记得初见时的美好。

人生当中，总有一些人是用来怀念和遗憾的，也许是在偶然失眠辗转反侧的夜里，也许是在无意看到尘封的对方送的礼物时，又或者看到拥挤人潮中熟悉的一个身影时。

总有一个人能让你瞬间回忆翻涌泪流满面，就算你们之间曾有伤害也无法掩盖曾经的美好，毕竟那些刻骨铭心的爱恋也是真的。

后来我问娇娇对路然是不是真的一点儿感情也没有了，娇娇没有正面回答，她说不是不爱，只是没办法和一个比自己还脆弱的男人共度一生，谁知最后连那一点点的爱也被对方的口不择言和暴力行为给消磨了。

娇娇发给路然的最后一条微信是：我不是喜欢钱，是不喜欢你。

那条微信最终没有发出去，话里包含了多少真假也不那么重要了，有关于他们俩的故事早已落幕，就像娇娇说的，都过去了。

等时间过去，对的人终会到来

霍建华和林心如公开恋情了。

2016 年 5 月 20 日，霍建华的工作室发了一条微博：华说，希望得到大家的祝福，结尾 @ 了林心如。

霎时间，媒体和粉丝们纷纷跑去送祝福。

作为华哥的迷妹之一，我虽然和大家一起失恋了，但也由衷地为两人开心，兜兜转转这么多年，最终还是走到了一起，这样的爱情，真好。

1976 年出生的林心如今年刚好 40 岁，相比同期出道的赵薇和范冰冰，林心如的感情道路走得不只是一点儿坎坷，林心如早年和几位男星传出过绯闻，当然绯闻男友也包括霍建华。

2006 年，林心如和霍建华因为拍摄几米的漫画改编作品《地下铁》而结缘，2009 年媒体传出二人已经正式交往的消息，虽然并没有得到两位当事人的证实，但还是在娱乐圈刮起了一阵风，只是后来又传闻二人分手，他们的感情一直是扑朔迷离的状态。

如今霍建华工作室和林心如工作室先后公开两人的恋爱关系，这件事总算有了一个正面回应。

想必两位当事人也是深思熟虑后才做出这个决定的。

过了 30 岁，无论是男人还是女人，对于爱情的态度多多少少都会发生一些改变，而事业如日中天的林心如选择和各方面都旗鼓相当的霍建华在一起，除了是因为爱情，我很难再想到其他理由。

娱乐圈的爱情真真假假、分分合合早已见怪不怪，但当 40 岁的林心如牵手 37 岁的霍建华，不禁要感慨：这样的爱情来得刚刚好。

7 年前耳机里循环播放的是孙燕姿的《遇见》，听到“我遇见谁会有怎样的对白，我等的人他在多远的未来”时总是莫名伤感，连喜欢都不敢轻易说出口的年纪哪里敢说等待？但就是在那样多愁善感的年纪，我目睹了一场别人的爱情。

那会儿邻居家的姐姐刚上大学，姐姐长得很漂亮，一双水汪汪的大眼睛任谁看了都我见犹怜，姐姐的大名叫淑慧，但是我私底下都叫她的小名淼淼，想必是命里缺水，家人才给她取了这个小名。

那年暑假，我去淼淼家里借书，我妈说她家有一个大书柜，近水楼台先得月，我看过的书里，差不多有一半的言情小说都是跟淼淼借来的。

有一次我去还书，淼淼突然问我：“你知道和男生接吻是什么感觉吗？”

听到“接吻”两个字的时候，我的脸红到了耳根，那时候连男生的手都没牵过，怎么可能接吻，我慌忙摇头。

淼淼看我脸红的样子忍不住笑着说：“就像舌尖舔到冰激凌，那种感觉简直太美妙了！”

我惊讶于一向以乖乖女形象示人的淼淼竟然会这样“没羞没臊”，直到淼淼略为激动地告诉我她谈恋爱了，我才慢慢平复心情。

淼淼毫不避讳地跟我谈起她的男朋友：来自北方的一个小城，性格外向，爱好打篮球，长相也很符合大众的审美。淼淼说这些的时候眼神闪闪发亮，满满的幸福溢于言表。

这段感情一谈就是5年，本科毕业以后，淼淼考上了母校的研究生，而男生打算直接就业，毕业后去了北京，两个人一南一北开始了异地恋。

淼淼以为等自己研究生毕业以后去北京工作，这样两个人就能一直在一起了，事实却是异地恋不到一年，男生就在电话里提出了分手，理由是异地恋太辛苦，他累了。

面对男友的退缩，淼淼二话没说就买了票直奔北京，坐了十多个小时的火车才赶到男生住的地方，但是只在北京待了4个小时就走了。

原因很简单，男生出轨了，淼淼看到出租屋里的女士拖鞋和阳台上晾晒的文胸就明白了，这段爱情玩完了。

和所有被前任伤害过的姑娘一样，淼淼也曾扬言再也不相信爱情，但是你不相信爱情，总有人会信，而且还有可能找上门来。

淼淼的第二段感情开始于去年秋天，男生是个来自香港的时装摄影师，长居在内地，两个人是在一次摄影展上偶然相遇的。

男生喜欢淼淼是因为两个人在思想观念和兴趣爱好上有很多共鸣。

当年轻的摄影师对淼淼说出那句“我等了好久，终于等到你”的时候，淼淼冰冻已久的心突然融化了。

现在他们已经订婚了，预计年底完婚。

因为作者的身份，所以我经常收到一些姑娘的私信说看了我写的文章很难过，难过于她们没有像故事里的女主角一样幸运，总是遇上渣男，面对牵强的感情又不敢轻易放弃，因为害怕未来找不到更好的人……每当看到诸如此类的私信，我通常都会安慰她们真正的幸福总会到来。

其实我更想告诉她们，你还这么年轻，为什么那么害怕以后会没人要?

这世上生来幸运的人毕竟只是少数，你羡慕那些收获真爱的姑娘，可是你也要记得她们或许也曾和你一样受过伤、流过泪。

谁不曾为爱伤神?坐飞机出行都有坠机的风险，何况是错综复杂的爱情?想爱就要做好受伤的准备。

没有人可以真正阻挡你的幸福，同样也没有人能替你承担痛苦。

就算到了 80 岁，当你遇见真爱时，我也希望你：去爱吧，像第一次接吻时那样，只要想着甜蜜与幸福，其他的全都抛在脑后吧。

等时间过去，对的人终究会来到你面前。

对方只消说一句“嘿，你好啊”，你就知道他是你想要共度余生的那个人。

你必须过得比前任好

恋爱是个永恒的话题，无论是现实生活还是小说影视剧里，爱情都是人们津津乐道的话题，但并不是所有爱情都能从一而终，一段爱情结束的时候往往是花开两朵，各安天涯。

你选择恋爱的同时也意味着你要承担失恋的风险。

1

小薰是我的闺蜜，眼科医生，之前在厦门一家三甲医院上班。

小薰去年就跟我说他们主任准备好好培养她，还亲自带她到福州的医院参观学习，前程非常乐观。可到年底的时候，小薰却辞职了，我在电话里问她这么一份有前景的工作怎么说辞就辞了，小薰只说不想待在厦门了，过完年想换个地方上班。

12 月小薰回到家时我才知道她辞职的真正原因是和谈了两年多的男朋友分手了。

在酒吧里看到小薰的时候，我吓了一跳，原本就只有九十多斤的她比以前更瘦了，正坐在吧台前发呆的。

“他说他妈妈希望他能找个有本地户口的女人结婚，嫌弃我是外地的。”小薰的声音带着几分自嘲的语气。

“就为这个，他跟你分手？”

“还有，他说我脾气暴烈，又爱玩，结交了不少异性朋友，等等。”

昏暗的灯光下，小薰脸上的神情有些哀伤。

交往两年的男友突然劈腿，小薰表现得有些自暴自弃，前男友说分手的时候，她当着他的面给一个男性朋友打电话，十多分钟后，小薰上了对方的车，前男友的脸都绿了。

其实那天小薰只是和那个朋友去吃了一顿海底捞，却看到前男友发来的微信又是讽刺又是诅咒。

小薰觉得有些好笑。

辞职的前一个星期，小薰从前男友家里搬了出来，离开的时候，小薰看着两个人一起布置的新房悄悄抹了把眼泪，前男友想上前帮小薰提行李却被她一把推开了。

分手后，小薰住在朋友家里。

朋友开了个美甲店，小薰下班后有时会和朋友一起去商场购物和吃大餐，有时也会自己一个人去酒吧坐一会儿喝杯酒。虽然在酒吧里，小薰经常被陌生男人搭讪，但除了认识的朋友，小薰从不和他们多聊。

小薰说前男友经常讽刺她去酒吧是为了勾搭男人，还干涉她交友。

“可是他根本就不知道每个人都有权利选择和什么样的人交朋友，去酒吧的人并不代表他们就是坏人，和个性独特的人交朋友又怎么可以说成是滥交呢？”小薰愤愤不平地说道。

我无从判断小薰的前男友到底是为了小薰好还是单纯的直男癌心理，但是能肯定的是长此以往，他们的幸福注定不会长久。除了来自家庭的外力阻碍，更多的是他们的思想观念相差太大，这才是扼杀爱情的最根本因素。

小薰离开厦门的时候在火车站删除了前男友的微信和 QQ，退了有共同好友的微信群和 QQ 群，微博也取消了关注。

小薰回到家换了手机号，过年前的半个月一个人去了婺源，拍了很多好看的照片，上传到微博以后收到了前男友的评论，她盯着屏幕上“真好看”三个字犹豫了片刻，最终还是把他拉黑了。

过完年后，小薰去了深圳，她说换个环境，想开始新的生活。我相信并祝福她会遇到更好的人。

2

乐乐是最早在微博上关注我的粉丝之一，去年 8 月，她在微博上给我发私信说她和初恋分手了。

乐乐和她前男友是大学时候的情侣，去年 6 月毕业，在同一座城市工作，两个人的公司离得也很近，坐地铁 10 分钟就到了。

乐乐原本以为她和前男友可以一起走进婚姻殿堂，连什么时候买房、选什么户型、首付需要多少钱、装修要花多少钱都想好了，偏偏人算不如天算，还没来得及和前任说自己的计划就发现了前任偷腥的秘密。

她在前男友的微信上发现了别人发给他的暧昧信息，点开以后，却没有发现之前的聊天记录，显然是被前男友删除了。她带着好奇点开了那个女生的朋友圈，但对方除了晒晒名牌，偶尔转载一些心灵鸡汤外并没有什么可疑的地方，直到她看到前任在女生更早时候发的一张自拍照下面的露骨评论时，她激动得差点儿想摔手机和打人。

但冷静下来后，乐乐打开电脑，悄悄连接上前任的手机，恢复删除的聊天记录后，她想死的心都有了。那些暧昧、充满挑逗的聊天信息使她怒不可遏，当她指着那些证据质问前任的时候，男生非但没有一丝羞愧还如实相告自己喜欢上别人了。

这段感情不欢而散。

分手以后，乐乐从和前男友合租的房子里搬了出来，和一起进公司的同事住到了一起。

乐乐每天下午都会留下来加半个小时班，她所在的广告公司竞争压力很大，正因如此，她每次写创意方案都会花费比其他人多一半的时间，不断修改和完善，工作的付出总比爱情更有回报，乐乐的努力渐渐得到了上司的认可。

除了干好本职工作以外，她还在工作之余给杂志社写稿子。乐乐大学学的中文，加上以前看过不少小说，投给杂志社的稿子顺利过了终审，领到稿费的时候，乐乐第一次觉得灰暗的生活又多了一抹色彩。

前段时间，乐乐给我发微信说她前男友来找她了，男生不停向她道歉，还送了一套两千多块钱的护肤品，乐乐觉得有些莫名其妙。事后才从以前的同学那里了解到前任被甩了，那个女人当着全公司人的面骂他性骚扰，转而投进别人的怀抱。

后来前任从那家公司辞职了，职场和情场都失意的时候才良心发现想起乐乐的好，只可惜一切都晚了。

“我发现当他重新站在我面前的时候，我对他既没有恨，也没有幸灾乐祸，反而有几分感谢，要不是他以前那么薄情寡义，或许我会一直做梦和他幸福到老。”

和恋人分手以后，每个人或多或少都会受到分手这件事的影响，不管你是主动提分手的那一个还是被分手的一方都无法避免，毕竟曾经相爱过的事实无法改变和否认。

我看过不少女生和男友分手后给我发来私信说她们的现状，有的人学会了抽烟喝酒，有的人去跑步，有的人疯狂购物，有的人暴饮暴食，有的人很快交了新男友，有的人把自己关在房间蒙头睡觉，有的人拼命学习或加班……但无一例外的是想起前任的时候还是会难过。

看到这些私信，我经常在惋惜的同时告诉她们：如果你恨那个人，那你活得漂亮就是对他最好的打击。

所谓打击不是离开你以后他过得不好，而是离开他以后你过得比以前好。

结交了比他优质的新男友，工作或学习上取得的成绩比以前更好，变得比以前漂亮，赚的钱比以前多……这些都是可以证明你过得好的事情，你的生活和别人无关，活得漂亮比什么都重要。

亲爱的姑娘，不管你在失去爱情的时候有多难过，我都希望你在哭过以后，记得洗个脸化个妆。人生苦短，唯有努力让自己变得比以前更好才对得起那些流过的泪和受过的伤，而我相信命运也不会亏待这样努力和坚强的你。

姑娘，
你想要的安全感只有自己才能给

1

好朋友木子请大家吃饭。

饭桌上有朋友调侃她:“哟，这么高大上的餐厅，傍上大款了吧？”

木子翻了个大白眼：“大款还真有，不过老娘没去傍。”

紧接着，在饭菜上桌之前，木子讲起了她最近的一段感情经历。

木子前不久在网上认识了一个男人，两个人很聊得来，于是认识第二个星期就约了见面。

见面的一刻，木子的少女心都要爆炸了，那位先生完全是她的理想型，个子挺高，不胖也不瘦，衣着很有品位，就连说话的声音也超级好听，木子觉得自己的人生好像要开挂了。

彼此也都看对了眼，初次见面以后，两个人的感情迅速升温。

就这样陆陆续续又见了几次面以后，木子邀请了男人到家里吃饭。

吃饭的时候，木子用开玩笑的口吻问男人会不会和她结婚的时候，男人沉默了半晌才告诉木子除了婚姻，其他要求都可以尽量满足木子，木子骂他混蛋，男人又问木子要钱、要车还是要房，爱情也可以给她，只要她和他在一起。

木子怒斥男人没有资格谈爱情，痛骂以后把男人赶了出去，也是那天她才知道那个男人已经结婚，小孩都一岁多了。

木子自嘲地说："原来我还挺有能耐，居然有做情妇的资质。"

大家本想转移话题，木子却接着说："我当时还真的动摇了一下，可仔细想想，那样的人怎么可能给我真正的爱情？"

"房子、车子、票子我当然想要，可是想到要一辈子夹着尾巴做人，这代价太大了。"

凌晨一点多的时候，木子发了个朋友圈："面包我可以自己挣，我爱的人只要给我爱情就好。"

明明是听了不下 800 遍的老掉牙的话，可我还是默默点了个赞。

2

认识一个家庭事业双丰收的姑娘，嫁给了初恋，两个人谈了 7 年，从大学到职场，女生走在人群中都是自带光环的那种人。

初恋家境富裕，女生从一开始就知道，而她只是普通家庭的子女，尽管如此，她还是接受了他的表白，刚在一起的那段时间，女生走在校园里总是被人骂，学校的论坛上也有人攻击她，可她根本没把这些放在心上。

我问她是怎么做到的。

姑娘说:“我喜欢的是他这个人，和贫贱无关。既然知道这一点，那些流言蜚语又算得了什么？”

所有人都认为她跟男生在一起是图他的钱和家庭势力，可是只有男生自己知道，大学四年，他送给她的昂贵的礼物，她一件也没收，就连吃饭也经常要求AA。

毕业以后，找工作的事情其实只要和男友说一句那肯定都不是事儿，可倔强的女孩却还是给十几家知名公司投了简历，一家又一家地去面试，凭借出色的表现和堪称完美的简历成功打入世界五百强企业。

工作第三年，她在职场风生水起，成了公司的一把手，男友向她求婚，她欣然答应，而在那之前，男生不下十次向她求婚，都被她拒绝了。

有人问她为什么不肯在男友面前稍微示弱一下，让他感觉到自己是可以依靠的人。

女生的回答丝毫不做作:“其实从我和他在一起的时候我就知道，他是真的喜欢我，所以我只要跟他撒个娇，甚至说句话就可以得到很多女孩梦寐以求的衣服、鞋子、包包、化妆品，但是很多事只要破了一次例，就会有第二次、第三次……我还很年轻，不想让自己成为不劳而获的那类人，所以从一开始就必须克制。”

这样的姑娘，连同性的我也对她肃然起敬，何况是异性呢？

因为男女角色的不同，承担的责任也有所差异，所以经常听到有人说女孩子不用太拼，干得好不如嫁得好，的确有这样的例子。但更多事实却证明越努力越幸运，努力、自律的姑娘最好命，千万别仗着自己是个姑娘，会有人疼有人爱就不去奋斗，没有哪个男人会一辈子守着一个花瓶患得患失，但是有魅力的女人可以让男人这样，就算到了80岁，他依然能把她宠成宝贝。

3

因为写作的原因，我间接结识了一些贪恋物质又渴望爱情的姑娘，她们中有的人一边数落男朋友如何穷、家里父母如何反对，却又怕分手以后，对方飞黄腾达，更怕找不到对自己更好的人；也有的人一边抱怨自己的伴侣多么不顾家，整天忙着赚钱，一直冷落自己. 姑娘们想做一次娜拉，却囿于眼前美满的物质生活舍不得离开。

其实呢，爱情也好，婚姻也罢，本质上都是鱼和熊掌，二者很难兼得，你自己若是没有一点儿谈判的资本，就不能什么都想要。

这是一个只要肯吃苦就饿不死的时代，奉劝那些还在为爱情和面包纠结的姑娘们几句，与其把时间和精力花在要不要“断舍离”

的问题上，不如收拾收拾、打扮打扮，好好学习、好好工作，努力提升自己的能力和魅力，当你光芒万丈的时候，你还怕别人看不到你吗？

你想要的面包，别人给得了一时，却未必能给一世，但是你自己可以。

终其一生，能给你安全感的人从来都不是别人，而是你自己。

所以啊，亲爱的姑娘，你想要的包包要自己买，而不是央求别人给。

年轻的时候，非富非贵，谁没穷过？谁没作过？

少女时期，我也曾幻想过自己有一天能遇上一个“高富帅”男友，只要是我想要的东西，他都会毫不犹豫地给我买买买，就算不工作也不用愁吃穿。

后来经历了感情和生活的挫败，不禁反问自己，别傻了，“高富帅”凭什么喜欢平凡的你？

这个问题一度无解，直到后来我依靠努力挣得了一些酬劳，舍得把购物车里放置好久的物品下单时，我内心收获了无比的安宁和满足。

也是那时候，我才找到这个问题的答案，你只有变得优秀，说话做事有了底气，才有可能被幸运之神眷顾。

生活也许是一地永远捡不完的鸡毛，但即便如此也别忘了，你的快乐和幸福一直都在你自己手里，请一定要抓好。

和前任最好的联系是不再联系

1

小优又分手了，而且是和同一个人，大雄。

大雄和小优这对过往的情侣是典型的欢喜冤家，两个人在一起不到两年，却有一半的时间都在吵架，分分合合数十次，时间久了，对于他们分手的事情，身边的朋友也都见怪不怪了。

这是小优和大雄的第 N 次分手，距离上一次分手刚过去半年。

今年 2 月，小优和大雄撕破脸了，原因是大雄在夜店猎奇，被小优发现后，大雄死活不肯承认是自己主动勾搭别人的，愣是把责任推给了女方。

小优看着大雄手机里陌生女人的惹火照片和聊天记录，说什么也不肯再原谅大雄。

她从大雄家里搬了出来，独自租了房子，和大雄断了一切联系，甚至还发誓再也不会和大雄复合。

所有人都以为小优那一次是真的要和大雄分手了，但是没过三个月，他们又复合了。

对于自己的打脸行为，小优笑着解释："我以为离开他会过得更好，可事实并不是这样，分手以后，我发现自己还是很想他。"

所以在"5.20"那天，大雄再一次出现在小优面前的时候，小优再一次动摇了，两人迅速复合。

爱情里从来就没有什么道理可讲，喜欢就在一起，不爱了就分手。只可惜，小优爱得太深情，遇上的却是一个浪子。

复合没多久，大雄又展露了花花公子的本色，微信上永远不乏蠢蠢欲动的暧昧对象，谎称加班夜不归宿的次数也越来越多。

当大雄在小优眼皮底下作案的时候，小优发疯了一样撕扯陌生女人的脸和头发，大雄气急之下扇了小优一耳光，这一巴掌让小优彻底清醒了，他根本就不爱她。

第二天到公司以后，小优递交了辞呈，她决心离开这座充满了痛苦回忆的城市，这座曾经给了她幻想和希望的城市，再也没有了让她留恋的人。

离开那天，小优发了一条微博："有些人这辈子都不会再想见了，一切就到此为止吧。"随后清空了和大雄有关的所有微博并拉黑了他。

而那条微博的配图是一张自拍照，小优换了新发型，她把蓄了好几年的长发剪了。

要想斩断情丝，不仅需要勇气还要有毅力，我相信小优这一次可以做到不再和大雄联系，不为别的，没有哪个女生可以容忍爱的人一而再再而三的背叛和折磨，再爱也不行。

2

前天晚上有个女生在微博上给我发了一段长长的私信，姑娘说："初恋前两天来找我了，他说他过得不好，和我分手后虽然交往了两个女朋友，可是她们都不是他的理想型，所以都不到半年就分手了，而且他还说，他发现自己最爱的人是我……"

对于分开以后的恋人要不要复合这个问题，我曾不止一次主张复合，但前提是两个人都单身，并且彼此都还有感情。

看完私信以后，我却无法祝福他们，因为姑娘已经和别人订婚了。

女孩和初恋是大学同学，毕业以后，男生没和女孩商量就出国读研了。

临别的时候，男生让女孩等他回国。

然而，男生出国的第一年就和女孩提了分手，原因是他喜欢上了别的女孩，还被那个女孩发现了，男生迫不得已才提了分手。

那时候女孩刚入职半年多，工作的不顺心和爱情的沉重打击让她一度觉得自己的人生一片灰暗。

在最艰难的那段时间，女孩现在的未婚夫出现了，是他陪着她走出了那块人生沼泽，重获新生。

今年春节，女孩订婚了，本来计划年底完婚，新房都已经装修好了，却突然冒出一个前任，女孩的心也跟着乱了。

女孩说未婚夫是像亲人一样的存在，而初恋却给她怦然心动的感觉。

“恕我直言，所有打着真爱的幌子劈腿的行为其实都可以算作耍流氓。抛开他劈腿在先的事情，我只问你，他都知道你订婚了，还来撩你，这样的男人你真的放心跟他过一辈子吗？”

女生没有再回复我。

在知道两人一直留着微信，偶尔还有互动的时候，我有些郁闷，既然都分手了，为什么不能断干净一点儿呢？还是现在的情侣都喜欢分手以后再做朋友？

3

我大学时候的闺蜜芝芝是我认识的最美女孩之一，不是说她长得有多美，虽然她的确是标准的美女，但我更欣赏她对待感情问题的态度。

芝芝大二的时候和前男友分手了。

分手是芝芝提出来的，没有劈腿，也不是因为距离，仅仅是男生变得颓废了。

芝芝和前任是异地恋，有段时间，她总是联系不上男生，电话不接，信息不回。芝芝急了，在一个周末坐了十多个小时的火车去了男生的学校，到了那儿，她终于从他室友口中知道了男生的状态：抽烟、酗酒、打网游、泡酒吧，期末考试十门有八门亮红灯，男生已经变成了芝芝不认识的陌生模样。

芝芝多次劝说无果后终于失去了最后的信心，她给男生打电话说："我们分手吧。"

男生没有做任何挽留，也没有问原因，只说了"随便"两个字就挂了电话。

芝芝看着手机屏幕上显示的一分多钟的通话时间，心一点儿一点儿凉下去。

分手以后，芝芝把男生送给自己的所有礼物都还了回去，连同男生以前写的情书也退了回去。

室友都劝芝芝别太较真，分手就分手，干吗把礼物退回去，好歹爱过一场。

芝芝却说："正是因为分手了才不能留着，我怕自己看到那些东西会忍不住去找他。"

对于分手这件事，芝芝说她不想拖泥带水。

也正是因为当初的决绝，芝芝才遇到了后来的优质男友。

4

我一直相信，人很难阻止感情的发展，却可以阻止闹剧的发生。

两个人在决定分手的一刻就该想清楚，一旦分开，彼此身边就失去了一位亲密爱人，也为别人腾出了一个空位。

当断则断，偶尔的怀念可以有，毕竟曾经相爱过。但如果缘分已经走到了尽头，就按捺住内心的那点儿小冲动吧。

可以感性，但是爱情更需要理性来维持。

不拖泥带水，不藕断丝连，不去见，不去贱，从此相忘于江湖，这是对前任最好的尊重，也是对自己最好的祝福。

也不要在寂寞伤感的时候去想前任的好，你们的故事已经画上句号，那么所有好的、不好的心情也只能自己一个人品尝。

你要相信，只要一直往前走，总有一个路口，会有新的故事在等待。

图书在版编目（CIP）数据

分开以后我变成了你喜欢的样子 / Josie乔著. —北京：中国华侨出版社，2016.12

ISBN 978-7-5113-6453-1

Ⅰ.①分… Ⅱ.①J… Ⅲ.①故事—作品集—中国—当代 Ⅳ.①I247.81

中国版本图书馆CIP数据核字（2016）第303065号

分开以后我变成了你喜欢的样子

著　　者：Josie乔
出 版 人：方　鸣
责任编辑：墨　林
产品经理：雪　歌（@温饱堡）
特约编辑：孙悦久　陈煦婧
封面设计：苏艾设计
经　　销：新华书店
开　　本：880mm×1230mm　1/32　印张：7.5　字数：160千字
印　　刷：河北鹏润印刷有限公司
版　　次：2017年2月第1版　2017年2月第1次印刷
书　　号：ISBN 978-7-5113-6453-1
定　　价：39.80元

中国华侨出版社　北京市朝阳区静安里26号通成达大厦3层　邮编：100028
法律顾问：陈鹰律师事务所
发 行 部：（010）82068999　传真：（010）82069000
网　　址：www.oveaschin.com
E-mail：oveaschin@sina.com